Las aventuras de Alicia en el País de las Maravillas

Lewis Carroll

© 2023 Culturea Editions
Texte et illustration de couverture : © domaine public
Edition : Culturea (Hérault, 34)
Contact : infos@culturea.fr
Retrouvez notre catalogue sur http://culturea.fr
Imprimé en Allemagne par Books on Demand
Design typographique : Derek Murphy
Layout : Reedsy (https://reedsy.com/)
ISBN : 9791041815951
Dépôt légal : Juin 2023
Tous droits réservés pour tous pays

A través de la tarde color de oro
el agua nos lleva sin esfuerzo por nuestra parte,
pues los que empujan los remos
son unos brazos infantiles
que intentan, con sus manitas
guiar el curso de nuestra barca.

Pero, ¡las tres son muy crueles!
ya que sin fijarse en el apacible tiempo
ni en el ensueño de la hora presente,
¡exigen una historia de una voz que apenas tiene aliento,
tanto que ni a una pluma podría soplar!
Mas, ¿qué podría una voz tan débil
contra la voluntad de las tres?

La primera, imperiosamente, dicta su decreto:
"¡Comience el cuento!"
La segunda, un poco más amable, pide
que el cuento no sea tonto,
mientras que la tercera interrumpe la historia
nada más que una vez por minuto.

Conseguido al fin el silencio,
con la imaginación las lleva,
siguiendo a esa niña soñada,
por un mundo nuevo, de hermosas maravillas
en el que hasta los pájaros y las bestias hablan
con voz humana, y ellas casi se creen estar allí.

Y cada vez que el narrador intentaba,
seca ya la fuente de su inspiración
dejar la narración para el día siguiente,
y decía: "El resto para la próxima vez",
las tres, al tiempo, decían: "¡Ya es la próxima vez!"

*Y así fue surgiendo el "País de las Maravillas",
poquito a poco, y una a una,
el mosaico de sus extrañas aventuras.
Y ahora, que el relato toca a su fín,*

*También el timón de la barca nos vuelve al hogar,
¡una alegre tripulación, bajo el sol que ya se oculta!*

*Alicia, para tí este cuento infantil.
Ponlo con tu mano pequeña y amable
donde descansan los cuentos infantiles,
entrelazados, como las flores ya marchitas
en la guirnalda de la Memoria.
Es la ofrenda de un peregrino
que las recogió en países lejanos.*

Capítulo 1

En la madriguera del conejo

A licia empezaba ya a cansarse de estar sentada con su hermana a la orilla del río, sin tener nada que hacer: había echado un par de ojeadas al libro que su hermana estaba leyendo, pero no tenía dibujos ni diálogos. «¿Y de qué sirve un libro sin dibujos ni diálogos?», se preguntaba Alicia.

Así pues, estaba pensando (y pensar le costaba cierto esfuerzo, porque el calor del día la había dejado soñolienta y atontada) si el placer de tejer una guirnalda de margaritas la compensaría del trabajo de levantarse y coger las margaritas, cuando de pronto saltó cerca de ella un Conejo Blanco de ojos rosados.

No había nada muy extraordinario en esto, ni tampoco le pareció a Alicia muy extraño oír que el conejo se decía a sí mismo: «¡Dios mío! ¡Dios mío! ¡Voy a llegar tarde!» (Cuando pensó en ello después, decidió que, desde luego, hubiera debido sorprenderla mucho, pero en aquel momento le pareció lo más natural del mundo). Pero cuando el conejo se sacó un reloj de bolsillo del chaleco, lo miró y echó a correr, Alicia se levantó de un salto, porque comprendió de golpe que ella nunca había visto un conejo con chaleco, ni con reloj que sacarse de él, y, ardiendo de curiosidad, se puso a correr tras el conejo por la pradera, y llegó justo a tiempo para ver cómo se precipitaba en una madriguera que se abría al pie del seto.

Un momento más tarde, Alicia se metía también en la madriguera, sin pararse a considerar cómo se las arreglaría después para salir.

Al principio, la madriguera del conejo se extendía en línea recta como un túnel, y después torció bruscamente hacia abajo, tan bruscamente que Alicia no tuvo siquiera tiempo de pensar en detenerse y se encontró cayendo por lo que parecia un pozo muy profundo.

O el pozo era en verdad profundo, o ella caía muy despacio, porque Alicia, mientras descendía, tuvo tiempo sobrado para mirar a su alrededor y para preguntarse qué iba a suceder después. Primero, intentó mirar hacia abajo y ver a dónde iría a parar, pero estaba todo demasiado oscuro para distinguir nada. Después miró hacia las paredes del pozo y observó que estaban cubiertas de armarios y estantes para libros: aquí y allá vio mapas y cuadros, colgados de clavos. Cogió, a su paso, un jarro de los estantes. Llevaba una etiqueta que decía: MERMELADA DE NARANJA, pero vio, con desencanto, que estaba vacío. No le pareció bien tirarlo al fondo, por miedo a matar a alguien que anduviera por abajo, y se las arregló para dejarlo en otro de los estantes mientras seguía descendiendo.

«¡Vaya! », pensó Alicia. «¡Después de una caída como ésta, rodar por las escaleras me parecerá algo sin importancia! ¡Qué valiente me encontrarán todos! ¡Ni siquiera lloraría, aunque me cayera del tejado!» (Y era verdad.)

Abajo, abajo, abajo. ¿No acabaría nunca de caer?

- Me gustaría saber cuántas millas he descendido ya - dijo en voz alta-. Tengo que estar bastante cerca del centro de la tierra. Veamos: creo que está a cuatro mil millas de profundidad…

Como veis, Alicia había aprendido algunas cosas de éstas en las clases de la escuela, y aunque no era un momento muy oportuno para presumir de sus conocimientos, ya que no había nadie allí que pudiera escucharla, le pareció que repetirlo le servía de repaso. - Sí, está debe de ser la distancia… pero me pregunto a qué latitud o longitud habré llegado.

Alicia no tenía la menor idea de lo que era la latitud, ni tampoco la longitud, pero le pareció bien decir unas palabras tan bonitas e impresionantes. Enseguida volvió a empezar.

- ¡A lo mejor caigo a través de toda la tierra! ¡Qué divertido sería salir donde vive esta gente que anda cabeza abajo! Los antipáticos, creo… (Ahora Alicia se alegró de que no hubiera nadie escuchando, porque esta palabra no le sonaba del todo bien.) Pero entonces tendré que preguntarles el nombre del país. Por favor, señora, ¿estamos en Nueva Zelanda o en Australia?

Y mientras decía estas palabras, ensayó una reverencia. ¡Reverencias mientras caía por el aire! ¿Creéis que esto es posible? - ¡Y qué criaja tan ignorante voy a parecerle! No, mejor será no preguntar nada. Ya lo veré escrito en alguna parte.

Abajo, abajo, abajo. No había otra cosa que hacer y Alicia empezó enseguida a hablar otra vez.

- ¡Temo que Dina me echará mucho de menos esta noche ! (Dina era la gata.) Espero que se acuerden de su platito de leche a la hora del té. ¡Dina, guapa, me gustaría tenerte conmigo aquí abajo! En el aire no hay ratones, claro, pero podrías cazar algún murciélago, y se parecen mucho a los ratones, sabes. Pero me pregunto: ¿comerán murciélagos los gatos?

Al llegar a este punto, Alicia empezó a sentirse medio dormida y siguió diciéndose como en sueños: «¿Comen murciélagos los gatos? ¿Comen murciélagos los gatos?» Y a veces: «¿Comen gatos los murciélagos?» Porque, como no sabía contestar a ninguna de las dos preguntas, no importaba mucho cual de las dos se formulara. Se estaba durmiendo de veras y empezaba a soñar que paseaba con Dina de la mano y que le preguntaba con mucha ansiedad: «Ahora Dina, dime la verdad, ¿te has comido alguna vez un murciélago?», cuando de pronto, ¡cataplum!, fue a dar sobre un montón de ramas y hojas secas. La caída había terminado.

Alicia no sufrió el menor daño, y se levantó de un salto. Miró hacia arriba, pero todo estaba oscuro. Ante ella se abría otro largo pasadizo, y alcanzó a ver en él al Conejo Blanco, que se alejaba a toda prisa. No había momento que perder, y Alicia, sin vacilar, echó a correr como el viento, y llego justo a tiempo para oírle decir, mientras doblaba un recodo

-¡Válganme mis orejas y bigotes, qué tarde se me está haciendo!

Iba casi pisándole los talones, pero, cuando dobló a su vez el recodo, no vio al Conejo por ninguna parte. Se encontró en un vestíbulo amplio y bajo, iluminado por una hilera de lámparas que colgaban del techo.

Había puertas alrededor de todo el vestíbulo, pero todas estaban cerradas con llave, y cuando Alicia hubo dado la vuelta, bajando por un lado y subiendo por el otro, probando puerta a puerta, se dirigió tristemente al centro de la habitación, y se preguntó cómo se las arreglaría para salir de allí.

De repente se encontró ante una mesita de tres patas, toda de cristal macizo. No había nada sobre ella, salvo una diminuta llave de oro, y lo primero que se le ocurrió a Alicia fue que debía corresponder a una de las puertas del vestíbulo. Pero, ¡ay!, o las cerraduras eran demasiado grandes, o la llave era demasiado pequeña, lo cierto es que no pudo abrir ninguna puerta. Sin embargo, al dar la vuelta por segunda vez, descubrió una cortinilla que no había visto antes, y detrás había una puertecita de unos dos palmos de altura. Probó la llave de oro en la cerradura, y vio con alegría que ajustaba bien.

Alicia abrió la puerta y se encontró con que daba a un estrecho pasadizo, no más ancho que una ratonera. Se arrodilló y al otro lado del pasadizo vio el jardín más maravilloso que podáis imaginar. ¡Qué ganas tenía de salir de aquella oscura sala y de pasear entre aquellos macizos de flores multicolores y aquellas frescas fuentes! Pero ni siquiera podía pasar la cabeza por la abertura. «Y aunque pudiera pasar la cabeza», pensó la pobre Alicia, «de poco iba a servirme sin los hombros. ¡Cómo me gustaría poderme encoger como un telescopio! Creo que podría hacerlo, sólo con saber por dónde empezar.» Y es que, como veis, a Alicia le habían pasado tantas cosas extraordinarias aquel día, que había empezado a pensar que casi nada era en realidad imposible.

De nada servía quedarse esperando junto a la puertecita, así que volvió a la mesa, casi con la esperanza de encontrar sobre ella otra llave, o, en todo caso, un libro de instrucciones para encoger a la gente como si fueran telescopios. Esta vez encontró en la mesa una botellita («que desde luego no estaba aquí antes», dijo Alicia), y alrededor del cuello de la botella había una etiqueta de papel con la palabra «BEBEME» hermosamente impresa en grandes caracteres.

Está muy bien eso de decir «BEBEME», pero la pequeña Alicia era muy prudente y no iba a beber aqtrello por las buenas. «No, primero voy a mirar», se dijo, «para ver si lleva o no la indicación de veneno.» Porque Alicia había leído preciosos cuentos de niños que se habían quemado, o habían sido devorados por bestias feroces, u otras cosas desagradables, sólo por no haber querido recordar las sencillas normas que las personas que buscaban su bien les habían inculcado: como que un hierro al rojo te quema si no lo sueltas en seguida, o que si te cortas muy hondo en un dedo con un cuchillo suele salir sangre. Y Alicia no olvidaba nunca que, si bebes mucho de una botella que lleva la indicación «veneno», terminará, a la corta o a la larga, por hacerte daño.

Sin embargo, aquella botella no llevaba la indicación «veneno», así que Alicia se atrevió a probar el contenido, y, encontrándolo muy agradable (tenía, de hecho, una mezcla de sabores a tarta de cerezas, almíbar, piña, pavo asado, caramelo y tostadas calientes con mantequilla), se lo acabó en un santiamén.

* * * * * *

 ¡Qué sensación más extraña! - dijo Alicia- . Me debo estar encogiendo como un telescopio.

Y así era, en efecto: ahora medía sólo veinticinco centímetros, y su cara se iluminó de alegría al pensar que tenía la talla adecuada para pasar por la puertecita y meterse en el maravilloso jardín. Primero, no obstante, esperó unos minutos para ver si seguía todavía disminuyendo de tamaño, y esta posibilidad la puso un poco nerviosa. «No vaya consumirme del todo, como una vela», se dijo para sus adentros. «¿Qué sería de mí entonces?» E intentó imaginar qué ocurría con la llama de una vela, cuando la vela estaba apagada, pues no podía recordar haber visto nunca una cosa así.

Después de un rato, viendo que no pasaba nada más, decidió salir en seguida al jardín. Pero, ¡pobre Alicia!, cuando llegó a la puerta, se encontró con que había olvidado la llavecita de oro, y, cuando volvió a la mesa para recogerla, descubrió que no le era posible alcanzarla. Podía verla claramente a través del cristal, e intentó con ahínco trepar por una de las patas de la mesa, pero era demasiado resbaladiza. Y cuando se cansó de intentarlo, la pobre niña se sentó en el suelo y se echó a llorar.

10

«¡Vamos! ¡De nada sirve llorar de esta manera!», se dijo Alicia a sí misma, con bastante firmeza. «¡Te aconsejo que dejes de llorar ahora mismo!» Alicia se daba por lo general muy buenos consejos a sí misma (aunque rara vez los seguía), y algunas veces se reñía con tanta dureza que se le saltaban las lágrimas. Se acordaba incluso de haber intentado una vez tirarse de las orejas por haberse hecho trampas en un partido de croquet que jugaba consigo misma, pues a esta curiosa criatura le gustaba mucho comportarse como si fuera dos personas a la vez. «¡Pero de nada me serviría ahora comportarme como si fuera dos personas!», pensó la pobre Alicia. «¡Cuando ya se me hace bastante difícil ser una sola persona como Dios manda!»

Poco después, su mirada se posó en una cajita de cristal que había debajo de la mesa. La abrió y encontró dentro un diminuto pastelillo, en que se leía la palabra «COMEME», deliciosamente escrita con grosella. «Bueno, me lo comeré», se dijo Alicia, «y si me hace crecer, podré coger la llave, y, si me hace todavía más pequeña, podré deslizarme por debajo de la puerta. De un modo o de otro entraré en el jardín, y eso es lo que importa.»

Dio un mordisquito y se preguntó nerviosísima a sí misma: «¿Hacia dónde? ¿Hacia dónde?» Al mismo tiempo, se llevó una mano a la cabeza para notar en qué dirección se iniciaba el cambio, y quedó muy sorprendida al advertir que seguía con el mismo tamaño. En realidad, esto es lo que sucede normalmente cuando se da un mordisco a un pastel, pero Alicia estaba ya tan acostumbrada a que todo lo que le sucedía fuera extraordinario, que le pareció muy aburrido y muy tonto que la vida discurriese por cauces normales. Así pues pasó a la acción, y en un santiamén dio buena cuenta del pastelito.

Capítulo 2

El charco de las lágrimas

¡Curiorífico y curiorífico! - exclamó Alicia (estaba tan sorprendida, que por un momento se olvidó hasta de hablar correctamente)- . ¡Ahora me estoy estirando como el telescopio más largo que haya existido jamás! ¡Adiós, pies! - gritó, porque cuando miró hacia abajo vio que sus pies quedaban ya tan lejos que parecía fuera a perderlos de vista- . ¡Oh, mis pobrecitos pies! ¡Me pregunto quién os pondrá ahora vuestros zapatos y vuestros calcetines! ¡Seguro que yo no podré hacerlo! Voy a estar demasiado lejos para ocuparme personalmente de vosotros: tendréis que arreglároslas como podáis... Pero voy a tener que ser amable con ellos - pensó Alicia- , ¡o a lo mejor no querrán llevarme en la dirección en que yo quiera ir! Veamos: les regalaré un par de zapatos nuevos todas las Navidades.

Y siguió planeando cómo iba a llevarlo a cabo:

- Tendrán que ir por correo. ¡Y qué gracioso será esto de mandarse regalos a los propios pies! ¡Y qué chocante va a resultar la dirección!

Al Sr. Pie Derecho de Alicia
Alfombra de la Chimenea, junto al Guardafuegos
(con un abrazo de Alicia).

¡Dios mío, qué tonterías tan grandes estoy diciendo!

Justo en este momento, su cabeza chocó con el techo de la sala: en efecto, ahora medía más de dos metros. Cogió rápidamente la llavecita de oro y corrió hacia la puerta del jardín.

¡Pobre Alicia! Lo máximo que podía hacer era echarse de lado en el suelo y mirar el jardin con un solo ojo; entrar en él era ahora más difícil que nunca. Se sentó en el suelo y volvió a llorar.

- ¡Debería darte verguenza! - dijo Alicia- . ¡Una niña tan grande como tú (ahora sí que podía decirlo) y ponerse a llorar de este modo! ¡Para inmediatamente!

Pero siguió llorando como si tal cosa, vertiendo litros de lágrimas, hasta que se formó un verdadero charco a su alrededor, de unos diez centímetros de profundidad y que cubría la mitad del suelo de la sala.

Al poco rato oyó un ruidito de pisadas a lo lejos, y se secó rápidamente los ojos para ver quién llegaba. Era el Conejo Blanco que volvía, espléndidamente vestido, con un par de guantes blancos de cabritilla en una mano y un gran abanico en la otra. Se acercaba trotando a toda prisa, mientras rezongaba para sí:

-¡Oh! ¡La Duquesa, la Duquesa! ¡Cómo se pondrá si la hago esperar!

Alicia se sentía tan desesperada que estaba dispuesta a pedir socorro a cualquiera. Así pues, cuando el Conejo estuvo cerca de ella, empezó a decirle tímidamente y en voz baja:

- Por favor, señor...

El Conejo se llevó un susto tremendo, dejó caer los guantes blancos de cabritilla y el abanico, y escapó a todo correr en la oscuridad.

Alicia recogió el abanico y los guantes, Y, como en el vestíbulo hacía mucho calor, estuvo abanicándose todo el tiempo mientras se decía:

- ¡Dios mío! ¡Qué cosas tan extrañas pasan hoy! Y ayer todo pasaba como de costumbre. Me pregunto si habré cambiado durante la noche. Veamos: ¿era yo la misma al levantarme esta mañana? Me parece que puedo recordar que me sentía un poco distinta. Pero, si no soy la misma, la siguiente pregunta es ¿quién demonios soy? ¡Ah, este es el gran enigma! Y se puso a pensar en todas las niñas que conocía y que tenían su misma edad, para ver si podía haberse transformado en una de ellas.

- Estoy segura de no ser Ada - dijo- , porque su pelo cae en grandes rizos, y el mío no tiene ni medio rizo. Y estoy segura de que no puedo ser Mabel, porque yo sé muchísimas cosas, y ella, oh, ¡ella sabe Poquísimas! Además, ella es ella, y yo soy yo, y... ¡Dios mío, qué rompecabezas! Voy a ver si sé todas las cosas que antes sabía. Veamos: cuatro por cinco doce, y cuatro por seis trece, y cuatro por siete...

¡Dios mío! ¡Así no llegaré nunca a veinte! De todos modos, la tabla de multiplicar no significa nada. Probemos con la geografía. Londres es la capital de París, y París es la capital de Roma, y Roma… No, lo he dicho todo mal, estoy segura. ¡Me debo haber convertido en Mabel! Probaré, por ejemplo el de la industriosa abeja."

Cruzó las manos sobre el regazo y notó que la voz le salía ronca y extraña y las palabras no eran las que deberían ser:

¡Ves como el industrioso cocodrilo
Aprovecha su lustrosa cola
Y derrama las aguas del Nilo
Por sobre sus escamas de oro!

`¡Con que alegría muestra sus dientes
Con que cuidado dispone sus uñas
Y se dedica a invitar a los pececillos
Para que entren en sus sonrientes mandíbulas!

¡Estoy segura que esas no son las palabras! Y a la pobre Alicia se le llenaron otra vez los ojos de lágrimas.

- ¡Seguro que soy Mabel! Y tendré que ir a vivir a aquella casucha horrible, y casi no tendré juguetes para jugar, y ¡tantas lecciones que aprender! No, estoy completamente decidida: ¡si soy Mabel, me quedaré aquí! De nada servirá que asomen sus cabezas por el pozo y me digan: «¡Vuelve a salir, cariño!» Me limitaré a mirar hacia arriba y a decir: «¿Quién soy ahora, veamos? Decidme esto primero, y después, si me gusta ser esa persona, volveré a subir. Si no me gusta, me quedaré aquí abajo hasta que sea alguien distinto… » Pero, Dios mío - exclamó Alicia, hecha un mar de lágrimas- , ¡cómo me gustaría que asomaran de veras sus cabezas por el pozo! ¡Estoy tan cansada de estar sola aquí abajo!

Al decir estas palabras, su mirada se fijó en sus manos, y vio con sorpresa que mientras hablaba se había puesto uno de los pequeños guantes blancos de cabritilla del Conejo.

- ¿Cómo he podido hacerlo? - se preguntó- . Tengo que haberme encogido otra vez.

Se levantó y se acercó a la mesa para comprobar su medida. Y descubrió que, según sus conjeturas, ahora no medía más de sesenta centímetros, y seguía achicándose rápidamente. Se dio cuenta en seguida de que la causa de todo era el abanico que tenía en la mano, y lo soltó a toda prisa, justo a tiempo para no llegar a desaparecer del todo.

- ¡De buena me he librado ! - dijo Alicia, bastante asustada por aquel cambio inesperado, pero muy contenta de verse sana y salva- . ¡Y ahora al jardín!

Y echó a correr hacia la puertecilla. Pero, ¡ay!, la puertecita volvía a estar cerrada y la llave de oro seguía como antes sobre la mesa de cristal. «¡Las cosas están peor que nunca!», pensó la pobre Alicia. «¡Porque nunca había sido tan pequeña como ahora, nunca! ¡Y declaro que la situación se está poniendo imposible!»

Mientras decía estas palabras, le resbaló un pie, y un segundo más tarde, ¡chap!, estaba hundida hasta el cuello en agua salada. Lo primero que se le ocurrió fue que se había caído de alguna manera en el mar. «Y en este caso podré volver a casa en tren», se dijo para sí. (Alicia había ido a la playa una sola vez en su vida, y había llegado a la conclusión general de que, fuera uno a donde fuera, la costa inglesa estaba siempre llena de casetas de bano, niños jugando con palas en la arena, después una hilera de casas y detrás una estación de ferrocarril.) Sin embargo, pronto comprendió que estaba en el charco de lágrimas que había derramado cuando medía casi tres metros de estatura.

- ¡Ojalá no hubiera llorado tanto! - dijo Alicia, mientras nadaba a su alrededor, intentando encontrar la salida- . ¡Supongo que ahora recibiré el castigo y moriré ahogada en mis propias lágrimas! ¡Será de veras una cosa extraña! Pero todo es extraño hoy. En este momento oyó que alguien chapoteaba en el charco, no muy lejos de ella, y nadó hacia allí para ver quién era. Al Principio creyó que se trataba de una morsa o un hipopótamo, pero después se acordó de lo pequeña que era ahora, y comprendió que sólo era un ratón que había caído en el charco como ella.

- ¿Servirá de algo ahora - se preguntó Alicia- dirigir la palabra a este ratón? Todo es tan extraordinario aquí abajo, que no me sorprendería nada que pudiera hablar. De todos modos, nada se pierde por intentarlo. - Así pues, Alicia empezó a decirle-: Oh, Ratón, ¿sabe usted cómo salir de este charco? ¡Estoy muy cansada de andar nadando de un lado a otro, oh, Ratón!

Alicia pensó que éste sería el modo correcto de dirigirse a un ratón; nunca se había visto antes en una situación parecida, pero recordó haber leído en la Gramática Latina de su hermano «el ratón - del ratón - al ratón - para el ratón - ¡oh, ratón!» El Ratón la miró atentamente, y a Alicia le pareció que le guiñaba uno de sus ojillos, pero no dijo nada. «Quizá no sepa hablar inglés», pensó Alicia. «Puede ser un ratón francés, que llegó hasta aquí con Guillermo el Conquistador.» (Porque a pesar de todos sus conocimientos de historia, Alicia no tenía una idea muy clara de cuánto tiempo atrás habían tenido lugar algunas cosas.) Siguió pues:

- *Où est ma chatte?*

Era la primera frase de su libro de francés. El Ratón dio un salto inesperado fuera del agua y empezó a temblar de pies a cabeza.

- ¡Oh, le ruego que me perdone! - gritó Alicia apresuradamente, temiendo haber herido los sentimientos del pobre animal- . Olvidé que a usted no le gustan los gatos.

- ¡No me gustan los gatos! - exclamó el Ratón en voz aguda y apasionada- . ¿Te gustarían a ti los gatos si tú fueses yo?

- Bueno, puede que no -dijo Alicia en tono conciliador-. No se enfade por esto. Y, sin embargo, me gustaría poder enseñarle a nuestra gata Dina. Bastaría que usted la viera para que empezaran a gustarle los gatos. Es tan bonita y tan suave - siguió Alicia, hablando casi para sí misma, mientras nadaba perezosa por el charco- , y ronronea tan dulcemente junto al fuego, lamiéndose las patitas y lavándose la cara… y es tan agradable tenerla en brazos… y es tan hábil cazando ratones… ¡Oh, perdóneme, por favor! - gritó de nuevo Alicia, porque esta vez al Ratón se le habían puesto todos los pelos de punta y tenía que estar enfadado de veras- .No hablaremos más de Dina, si usted no quiere.

- ¡Hablaremos dices! chilló el Ratón, que estaba temblando hasta la mismísima punta de la cola- . ¡Como si yo fuera a hablar de semejante tema! Nuestra familia ha odiado siempre a los gatos: ¡bichos asquerosos, despreciables, vulgares! ¡Que no vuelva a oír yo esta palabra!

- ¡No la volveré a pronunciar! -dijo Alicia, apresurándose a cambiar el tema de la conversación-. ¿Es usted… es usted amigo… de… de los perros? El Ratón no dijo nada y Alicia siguió diciendo atropelladamente- : Hay cerca de casa un perrito tan mono que me gustaría que lo conociera! Un pequeño terrier de ojillos brillantes, sabe, con el pelo largo, rizado, castaño. Y si le tiras un palo, va y lo trae, y se sienta sobre dos patas para pedir la comida, y muchas cosas más… no me acuerdo ni de la mitad… Y es de un granjero, sabe, y el granjero dice que es un perro tan útil que no lo vendería ni por cien libras. Dice que mata todas las ratas y… ¡Dios mío! - exclamó Alicia trastornada- . ¡Temo que lo he ofendido otra vez!

Porque el Ratón se alejaba de ella nadando con todas sus fuerzas, y organizaba una auténtica tempestad en la charca con su violento chapoteo. Alicia lo llamó dulcemente mientras nadaba tras él:

- ¡Ratoncito querido! ¡vuelve atrás, y no hablaremos más de gatos ni de perros, puesto que no te gustan!

Cuando el Ratón oyó estas palabras, dio media vuelta y nadó lentamente hacia ella: tenía la cara pálida (de emoción, pensó Alicia) y dijo con vocecita temblorosa:

- Vamos a la orilla, y allí te contaré mi historia, y entonces comprenderás por qué odio a los gatos y a los perros.

Ya era hora de salir de allí, pues la charca se iba llenando más y más de los pájaros y animales que habían caído en ella: había un pato y un dodo, un loro y un aguilucho y otras curiosas criaturas. Alicia abrió la marcha y todo el grupo nadó hacia la orilla.

Capítulo 3

Una carrera loca y una larga historia

El grupo que se reunió en la orilla tenía un aspecto realmente extraño: los pájaros con las plumas sucias, los otros animales con el pelo pegado al cuerpo, y todos calados hasta los huesos, malhumorados e incómodos.

Lo primero era, naturalmente, discurrir el modo de secarse: lo discutieron entre ellos, y a los pocos minutos a Alicia le parecía de lo más natural encontrarse en aquella reunión y hablar familiarmente con los animales, como si los conociera de toda la vida. Sostuvo incluso una larga dlscusión con el Loro, que terminó poniéndose muy tozudo y sin querer decir otra cosa que «soy más viejo que tú, y tengo que saberlo mejor». Y como Alicia se negó a darse por vencida sin saber antes la edad del Loro, y el Loro se negó rotundamente a confesar su edad, ahí acabó la conversación.

Por fin el Ratón, que parecía gozar de cierta autoridad dentro del grupo, les gritó:

- ¡Sentaos todos y escuchadme! ¡Os aseguro que voy a dejaros secos en un santiamén!

Todos se sentaron pues, formando un amplio círculo, con el Ratón en medio. Alicia mantenía los ojos ansiosamente fijos en él, porque estaba segura de que iba a pescar un resfriado de aúpa si no se secaba en seguida.

- ¡Ejem! - carraspeó el Ratón con aires de importancia- , ¿Estáis preparados? Esta es la historia más árida y por tanto más seca que conozco. ¡Silencio todos, por favor! «Guillermo el Conquistador, cuya causa era apoyada por el Papa, fue aceptado muy pronto por los ingleses, que necesitaban un jefe y estaban ha tiempo acostumbrados a usurpaciones y conquistas. Edwindo Y Morcaro, duques de Mercia y Northumbría... »

- ¡Uf! - graznó el Loro, con un escalofrío.

- Con perdón - dijo el Ratón, frunciendo el ceño, pero con mucha cortesia- . ¿Decía usted algo?

- ¡Yo no! - se apresuró a responder el Loro.

- Pues me lo había parecido -dijo el Ratón- . Continúo. «Edwindo y Morcaro, duques de Mercia y Northumbría, se pusieron a su favor, e incluso Stigandio, el patriótico arzobispo de Canterbury, lo encontró conveniente... »

- ¿Encontró qué? -preguntó el Pato.

- Encontrólo -repuso el Ratón un poco enfadado- . Desde luego, usted sabe lo que lo quiere decir.

- ¡Claro que sé lo que quiere decir! - refunfuñó el Pato- . Cuando yo encuentro algo es casi siempre una rana o un gusano. Lo que quiero saber es qué fue lo que encontró el arzobispo.

El Ratón hizo como si no hubiera oído esta pregunta y se apresuró a continuar con su historia:

- «Lo encontró conveniente y decidió ir con Edgardo Athelingo al encuentro de Guillermo y ofrecerle la corona. Guillermo actuó al principio con moderación.

Pero la insolencia de sus normandos... » ¿Cómo te sientes ahora, querida? continuó, dirigiéndose a Alicia.

- Tan mojada como al principio - dijo Alicia en tono melancólico- . Esta historia es muy seca, pero parece que a mi no me seca nada.

- En este caso - dijo solemnemente el Dodo, mientras se ponía en pie-, propongo que se abra un receso en la sesión y que pasemos a la adopción inmediata de remedios más radicales...

- ¡Habla en cristiano! - protestó el Aguilucho- . No sé lo que quieren decir ni la mitad de estas palabras altisonantes, y es más, ¡creo que tampoco tú sabes lo que significan!

Y el Aguilucho bajó la cabeza para ocultar una sonrisa; algunos de los otros pájaros rieron sin disimulo.

- Lo que yo iba a decir - siguió el Dodo en tono ofendido- es que el mejor modo para secarnos sería una Carrera Loca.

- ¿Qué es una Carrera Loca? - preguntó Alicia, y no porque tuviera muchas ganas de averiguarlo, sino porque el Dodo había hecho una pausa, como esperando que alguien dijera algo, y nadie parecía dispuesto a decir nada.

- Bueno, la mejor manera de explicarlo es hacerlo.

(Y por si alguno de vosotros quiere hacer también una Carrera Loca cualquier día de invierno, voy a contaros cómo la organizó el Dodo.)

Primero trazó una pista para la Carrera, más o menos en círculo («la forma exacta no tiene importancia», dijo) y después todo el grupo se fue colocando aquí y allá a lo largo de la pista. No hubo el «A la una, a las dos, a las tres, ya», sino que todos empezaron a correr cuando quisieron, y cada uno paró cuando quiso, de modo que no era fácil saber cuándo terminaba la carrera. Sin embargo, cuando llevaban corriendo más o menos media hora, y volvían a estar ya secos, el Dodo gritó súbitamente:

- ¡La carrera ha terminado!

Y todos se agruparon jadeantes a su alrededor, preguntando:

- ¿Pero quién ha ganado?

El Dodo no podía contestar a esta pregunta sin entregarse antes a largas cavilaciones, y estuvo largo rato reflexionando con un dedo apoyado en la frente (la postura en que aparecen casi siempre retratados los pensadores), mientras los demás esperaban en silencio. Por fin el Dodo dijo:

- Todos hemos ganado, y todos tenemos que recibir un premio.

- ¿Pero quién dará los premios? - preguntó un coro de voces.

- Pues ella, naturalmente - dijo el Dodo, señalando a Alicia con el dedo.

Y todo el grupo se agolpó alrededor de Alicia, gritando como locos:

- ¡Premios! ¡Premios!

Alicia no sabía qué hacer, y se metió desesperada una mano en el bolsillo, y encontró una caja de confites (por suerte el agua salada no había entrado dentro), y los repartió como premios. Había exactamente un confite para cada uno de ellos.

- Pero ella también debe tener un premio - dijo el Ratón.

- Claro que sí -aprobó el Dodo con gravedad, y, dirigaiéndose a Alicia, preguntó- : ¿Qué más tienes en el bolsillo?

- Sólo un dedal -dijo Alicia.

- Venga el dedal -dijo el Dodo.

Y entonces todos la rodearon una vez más, mientras el Dodo le ofrecía solemnemente el dedal con las palabras:

- Os rogamos que aceptéis este elegante dedal.

Y después de este cortísimo discurso, todos aplaudieron con entusiasmo.

Alicia pensó que todo esto era muy absurdo, pero los demás parecían tomarlo tan en serio que no se atrevió a reír, y, como tampoco se le ocurría nada que decir, se limitó a hacer una reverencia, y a coger el dedal, con el aire más solemne que pudo.

Había llegado el momento de comerse los confites, lo que provocó bastante ruido y confusión, pues los pájaros grandes se quejaban de que sabían a poco, y los pájaros pequeños se atragantaban y había que darles palmaditas en la espalda. Sin embargo, por fin terminaron con los confites, y de nuevo se sentaron en círculo, y pidieron al Ratón que les contara otra historia.

- Me prometiste contarme tu vida, ¿te acuerdas? - dijo Alicia- . Y por qué odias a los... G. y a los P. - añadió en un susurro, sin atreverse a nombrar a los gatos y a los perros por su nombre completo para no ofender al Ratón de nuevo.

- ¡Arrastro tras de mí una realidad muy larga y muy triste! - exclamó el Ratón, dirigiéndose a Alicia y dejando escapar un suspiro.

- Desde luego, arrastras una cola larguísima - dijo Alicia, mientras echaba una mirada admirativa a la cola del Ratón- , pero ¿por qué dices que es triste?

Y tan convencida estaba Alicia de que el Ratón se refería a su cola, que, cuando él empezó a hablar, la historia que contó tomó en la imaginación de Alicia una forma así:

"Cierta Furia dijo a un

Ratón al que se encontró
en su casa: "Vamos a ir juntos ante la Ley: Yo te acu-
saré, y tú te defenderás.
¡Vamos! No admitiré más
discusiónes Hemos de
tener un proceso, por-
que esta mañana no he
tenido ninguna otra
cosa que hacer". El
Ratón respondió a la
Furia: "Ese pleito, se-
ñora no servirá si no
tenemos juez y jurado,
y no servirá más que
para que nos gritemos
uno a otro como una
pareja de tontos"
Y replicó la Fu-
ria: "Yo seré
al mismo tiempo
el juez y el
jurado." Lo dijo
taimadamente
la vieja Fu-
ria. "Yo seré
la que diga
todo lo que
haya que de-
cir, y tam-
bien quien
a muer-
te con-
de-

ne."

- ¡No me estás escuchando! - protestó el Ratón, dirigiéndose a Alicia- . ¿Dónde tienes la cabeza?

- Por favor, no te enfades -dijo Alicia con suavidad- . Si no me equivoco, ibas ya por la quinta vuelta.

- ¡Nada de eso! - chilló el Ratón- . ¿De qué vueltas hablas? ¡Te estás burlando de mí y sólo dices tonterías!

Y el Ratón se levantó y se fue muy enfadado.

- ¡Ha sido sin querer! exclamó la pobre Alicia- . ¡Pero tú te enfadas con tanta facilidad!

El Ratón sólo respondió con un gruñido, mientras seguía alejándose.

- ¡Vuelve, por favor, y termina tu historia! - gritó Alicia tras él.

Y los otros animales se unieron a ella y gritaron a coro:

- ¡Sí, vuelve, por favor!

Pero el Ratón movió impaciente la cabeza y apresuró el paso.

- ¡Qué lástima que no se haya querido quedar! -suspiró el Loro, cuando el Ratón se hubo perdido de vista.

Y una vieja Cangreja aprovechó la ocasión para decirle a su hija:

- ¡Ah, cariño! ¡Que te sirva de lección para no dejarte arrastrar nunca por tu mal genio!

- ¡Calla esa boca, mamá! -protestó con aspereza la Cangrejita-. ¡Eres capaz de acabar con la paciencia de una ostra!

- ¡Ojalá estuviera aquí Dina con nosotros! - dijo Alicia en voz alta, pero sin dirigirse a nadie en particular-.

¡Ella sí que nos traería al Ratón en un santiamén!

- ¡Y quién es Dina, si se me permite la pregunta? - quiso saber el Loro.

Alicia contestó con entusiasmo, porque siempre estaba dispuesta a hablar de su amiga favorita:

- Dina es nuestra gata. ¡Y no podéis imaginar lo lista que es para cazar ratones! ¡Una maravilla! ¡Y me gustaría que la vierais correr tras los pájaros!

¡Se zampa un pajarito en un abrir y cerrar de ojos!

Estas palabras causaron una impresión terrible entre los animales que la rodeaban. Algunos pájaros se apresuraron a levantar el vuelo. Una vieja urraca se acurrucó bien entre sus plumas, mientras murmuraba: «No tengo más remedio que irme a casa; el frío de la noche no le sienta bien a mi garganta». Y un canario reunió a todos sus pequeños, mientras les decía con una vocecilla temblorosa: «¡Vamos, queridos! ¡Es hora de que estéis todos en la cama!» Y así, con distintos pretextos, todos se fueron de allí, y en unos segundos Alicia se encontró complelamente sola.

- ¡Ojalá no hubiera hablado de Dina! - se dijo en tono melancólico- . ¡Aquí abajo, mi gata no parece gustarle a nadie, y sin embargo estoy bien segura de que es la mejor gata del mundo! ¡Ay, mi Dina, mi querida Dina! ¡Me pregunto si volveré a verte alguna vez!

Y la pobre Alicia se echó a llorar de nuevo, porque se sentía muy sola y muy deprimida. Al poco rato, sin embargo, volvió a oír un ruidito de pisadas a lo lejos y levantó la vista esperanzada, pensando que a lo mejor el Ratón había cambiado de idea y volvía atrás para terminar su historia.

Capítulo 4

La casa del conejo

E ra el Conejo Blanco, que volvía con un trotecillo saltarín y miraba ansiosamente a su alrededor, como si hubiera perdido algo. Y Alicia oyó que murmuraba:

- ¡La Duquesa! ¡La Duquesa! ¡Oh, mis queridas patitas ! ¡Oh, mi piel y mis bigotes! ¡Me hará ejecutar, tan seguro como que los grillos son grillos ! ¿Dónde demonios puedo haberlos dejado caer? ¿Dónde? ¿Dónde?

Alicia comprendió al instante que estaba buscando el abanico y el par de guantes blancos de cabritilla, y llena de buena voluntad se puso también ella a buscar por todos lados, pero no encontró ni rastro de ellos. En realidad, todo parecía haber cambiado desde que ella cayó en el charco, y el vestíbulo con la mesa de cristal y la puertecilla habían desaparecido completamente.

A los pocos instantes el Conejo descubrió la presencia de Alicia, que andaba buscando los guantes y el abanico de un lado a otro, y le gritó muy enfadado:

- ¡Cómo, Mary Ann, qué demonios estás haciendo aquí! Corre inmediatamente a casa y tráeme un par de guantes y un abanico! ¡Aprisa! Alicia se llevó tal susto que salió corriendo en la dirección que el Conejo le señalaba, sin intentar explicarle que estaba equivocándose de persona.

- ¡Me ha confundido con su criada! - se dijo mientras corría- . ¡Vaya sorpresa se va a llevar cuando se entere de quién soy! Pero será mejor que le traiga su abanico y sus guantes… Bueno, si logro encontrarlos.

Mientras decía estas palabras, llegó ante una linda casita, en cuya puerta brillaba una placa de bronce con el nombre «C. BLANCO» grabado en ella. Alicia entró sin llamar, y corrió escaleras arriba, con mucho miedo de encontrar a la verdadera Mary Ann y de que la echaran de la casa antes de que hubiera encontrado los guantes y el abanico.

- ¡Qué raro parece - se dijo Alicia eso de andar haciendo recados para un conejo! ¡Supongo que después de esto Dina también me mandará a hacer sus recados! - Y empezó a imaginar lo que ocurriría en este caso: «¡Señorita Alicia, venga aquí inmediatamente y prepárese para salir de paseo!», diría la niñera, y ella tendría que contestar: «¡Voy en seguida! Ahora no puedo, porque tengo que vigilar esta ratonera hasta que vuelva Dina y cuidar de que no se escape ningún ratón»- . Claro que - siguió diciéndose Alicia- , si a Dina le daba por empezar a darnos órdenes, no creo que parara mucho tiempo en nuestra casa.

A todo esto, había conseguido llegar hasta un pequeño dormitorio, muy ordenado, con una mesa junto a la ventana, y sobre la mesa (como esperaba) un abanico y dos o tres pares de diminutos guantes blancos de cabritilla. Cogió el abanico y un par de guantes, y, estaba a punto de salir de la habitación, cuando su mirada cayó en una botellita que estaba al lado del espejo del tocador. Esta vez no había letrerito con la palabra «BEBEME», pero de todos modos Alicia lo destapó y se lo llevó a los labios.

- Estoy segura de que, si como o bebo algo, ocurrirá algo interesante - se dijo- . Y voy a ver qué pasa con esta botella. Espero que vuelva a hacerme crecer, porque en realidad, estoy bastante harta de ser una cosilla tan pequeñaja.

¡Y vaya si la hizo crecer! ¡Mucho más aprisa de lo que imaginaba! Antes de que hubiera bebido la mitad del frasco, se encontró con que la cabeza le tocaba contra el techo y tuvo que doblarla para que no se le rompiera el cuello. Se apresuró a soltar la botella, mientras se decía:

- ¡Ya basta! Espero que no seguiré creciendo… De todos modos, no paso ya por la puerta… ¡Ojalá no hubiera bebido tan aprisa!

¡Por desgracia, era demasiado tarde para pensar en ello! Siguió creciendo, y creciendo, y muy pronto tuvo que ponerse de rodillas en el suelo. Un minuto más tarde no le quedaba espacio ni para seguir arrodillada, y tuvo que intentar acomodarse echada en el suelo, con un codo contra la puerta y el otro brazo alrededor del cuello. Pero no paraba de crecer, y, como último recurso, sacó un brazo por la ventana y metió un pie por la chimenea, mientras se decía:

- Ahora no puedo hacer nada más, pase lo que pase. ¿Qué va a ser de mí?

Por suerte la botellita mágica había producido ya todo su efecto, y Alicia dejó de crecer. De todos modos, se sentía incómoda y, como no parecía haber posibilidad alguna de volver a salir nunca de aquella habitación, no es de extrañar que se sintiera también muy desgraciada.

- Era mucho más agradable estar en mi casa - pensó la pobre Alicia- . Allí, al menos, no me pasaba el tiempo creciendo y disminuyendo de tamaño, y recibiendo órdenes de ratones y conejos. Casi preferiría no haberme metido en la madriguera del Conejo… Y, sin embargo, pese a todo, ¡no se puede negar que este género de vida resulta interesante! ¡Yo misma me pregunto qué puede haberme sucedido! Cuando leía cuentos de hadas, nunca creí que estas cosas pudieran ocurrir en la realidad, ¡y aquí me tenéis metida hasta el cuello en una aventura de éstas! Creo que debiera escribirse un libro sobre mí, sí señor. Y cuando sea mayor, yo misma lo escribiré… Pero ya no puedo ser mayor de lo que soy ahora - añadió con voz lugubre- . Al menos, no me queda sitio para hacerme mayor mientras esté metida aquí dentro. Pero entonces, ¿es que nunca me haré mayor de lo que soy ahora? Por una parte, esto sería una ventaja, no llegaría nunca a ser una vieja, pero por otra parte ¡tener siempre lecciones que aprender! ¡Vaya lata! ¡Eso si que no me gustaría nada! ¡Pero qué tonta eres, Alicia! - se rebatió a sí misma- . ¿Cómo vas a poder estudiar lecciones metida aquí dentro? Apenas si hay sitio para ti, ¡Y desde luego no queda ni un rinconcito para libros de texto!

Y así siguió discurseando un buen rato, unas veces en un sentido y otras llevándose a sí misma la contraria, manteniendo en definitiva una conversación muy seria, como si se tratara de dos personas. Hasta que oyó una voz fuera de la casa, y dejó de discutir consigo misma para escuchar.

- ¡Mary Ann! ¡Mary Ann! - decía la voz- . ¡Tráeme inmediatamente mis guantes!

Después Alicia oyó un ruidito de pasos por la escalera. Comprendió que era el Conejo que subía en su busca y se echó a temblar con tal fuerza que sacudió toda la casa, olvidando que ahora era mil veces mayor que el Conejo Blanco y no había por tanto motivo alguno para tenerle miedo.

Ahora el Conejo había llegado ante la puerta, e intentó abrirla, pero, como la puerta se abría hacia adentro y el codo de Alicia estaba fuertenente apoyado contra ella, no consiguió moverla. Alicia oyó que se decía para sí:

- Pues entonces daré la vuelta y entraré por la ventana.

- Eso sí que no - pensó Alicia.

Y, después de esperar hasta que creyó oír al Conejo justo debajo de la ventana, abrió de repente la mano e hizo gesto de atrapar lo que estuviera a su alcance. No encontró nada, pero oyó un gritito entrecortado, algo que caía y un estrépito de cristales rotos, lo que le hizo suponer que el Conejo se había caído sobre un invernadero o algo por el estilo. Después se oyó una voz muy enfadada, que era la del Conejo:

- ¡Pat! ¡Pat! ¿Dónde estás? ¿Dónde estás?

Y otra voz, que Alicia no habia oído hasta entonces:

- ¡Aquí estoy, señor! ¡Cavando en busca de manzanas, con permiso del señor!

- ¡Tenías que estar precisamente cavando en busca de manzanas! - replicó el Conejo muy irritado- . ¡Ven aquí inmediatamente! ¡Y ayúdame a salir de esto!

Hubo más ruido de cristales rotos. - Y ahora dime, Pat, ¿qué es eso que hay en la ventana?

- Seguro que es un brazo, señor - (y pronunciaba «brasso»).

- ¿Un brazo, majadero? ¿Quién ha visto nunca un brazo de este tamaño? ¡Pero si llena toda la ventana!

- Seguro que la llena, señor. ¡Y sin embargo es un brazo!

- Bueno, sea lo que sea no tiene por que estar en mi ventana. ¡Ve y quítalo de ahí!

Siguió un largo silencio, y Alicia sólo pudo oir breves cuchicheos de vez en cuando, como «¡Seguro que esto no me gusta nada, señor, lo que se dice nada!» y «¡Haz de una vez lo que te digo, cobarde!» Por último, Alicia volvió a abrir la mano y a moverla en el aire como si quisiera atrapar algo. Esta vez hubo dos grititos entrecortados y más ruido de cristales rotos. «¡Cuántos invernaderos de cristal debe de haber ahí abajo!», pensó Alicia. «¡Me pregunto qué harán ahora! Si se trata de sacarme por la ventana, ojalá pudieran lograrlo. No tengo ningunas ganas de seguir mucho rato encerrada aquí dentro.»

Esperó unos minutos sin oír nada más. Por fin escuchó el rechinar de las ruedas de una carretilla y el sonido de muchas voces que hablaban todas a la vez. Pudo entender algunas palabras: «¿Dónde está la otra escalera?... A mí sólo me dijeron que trajera una; la otra la tendrá Bill... ¡Bill! ¡Trae la escalera aquí, muchacho!... Aquí, ponedlas en esta esquina... No, primero átalas la una a la otra... Así no llegarán ni a la mitad... Claro que llegarán, no seas pesado... ¡Ven aquí, Bill, agárrate a esta cuerda!... ¿Aguantará este peso el tejado?... ¡Cuidado con esta teja suelta!... ¡Eh, que se cae! ¡Cuidado con la cabeza!» Aquí se oyó una fuerte caída. «Vaya, ¿quién ha sido?... Creo que ha sido Bill... ¿Quién va a bajar por la chimenea?... ¿Yo? Nanay. ¡Baja tú!... ¡Ni hablar! Tiene que bajar Bill... ¡Ven aquí, Bill! ¡El amo dice que tienes que bajar por la chimenea!»

- ¡Vaya! ¿Conque es Bill el que tiene que bajar por la chimenea? se dijo Alicia- . ¡Parece que todo se lo cargan a Bill! No me gustaria estar en su pellejo: desde luego esta chimenea es estrecha, pero me parece que podré dar algún puntapié por ella.

Alicia hundió el pie todo lo que pudo dentro de la chimenea, y esperó hasta oír que la bestezuela (no podía saber de qué tipo de animal se trataba) escarbaba y arañaba dentro de la chimenea, justo encima de ella. Entonces, mientras se decia a sí misma: «¡Aquí está Bill! », dio una fuerte patada, y esperó a ver qué pasaba a continuación.

Lo primero que oyó fue un coro de voces que gritaban a una: «¡Ahi va Bill!», y después la voz del Conejo sola: «¡Cogedlo! ¡Eh! ¡Los que estáis junto a la valla!» Siguió un silencio y una nueva avalancha de voces: «Levantadle la cabeza... Venga un trago... Sin que se ahogue... ¿Qué ha pasado, amigo? ¡Cuéntanoslo todo!»

Por fin se oyó una vocecita débil y aguda, que Alicia supuso sería la voz de Bill:

- Bueno, casi no sé nada… No quiero más coñac, gracias, ya me siento mejor… Estoy tan aturdido que no sé qué decir… Lo único que recuerdo es que algo me golpeó rudamente, ¡y salí por los aires como el muñeco de una caja de sorpresas!

- ¡Desde luego, amigo! ¡Eso ya lo hemos visto! - dijeron los otros.

- ¡Tenemos que quemar la casa! - dijo la voz del Conejo.

Y Alicia gritó con todas sus fuerzas:

- ¡Si lo hacéis, lanzaré a Dina contra vosotros!

Se hizo inmediatamente un silencio de muerte, y Alicia pensó para sí:

- Me pregunto qué van a hacer ahora. Si tuvieran una pizca de sentido común, levantarían el tejado.

Después de uno o dos minutos se pusieron una vez más todos en movimiento, y Alicia oyó que el Conejo decía:

- Con una carretada tendremos bastante para empezar.

- ¿Una carretada de qué? - pensó Alicia.

Y no tuvo que esperar mucho para averiguarlo, pues un instante después una granizada de piedrecillas entró disparada por la ventana, y algunas le dieron en plena cara.

- Ahora mismo voy a acabar con esto - se dijo Alicia para sus adentros, y añadió en alta voz- : ¡Será mejor que no lo repitáis!

Estas palabras produjeron otro silencio de muerte. Alicia advirtió, con cierta sorpresa, que las piedrecillas se estaban transformando en pastas de té, allí en el suelo, y una brillante idea acudió de inmediato a su cabeza.

«Si como una de estas pastas», pensó, «seguro que producirá algún cambio en mi estatura. Y, como no existe posibilidad alguna de que me haga todavía mayor, supongo que tendré que hacerme forzosamente más pequeña.»

Se comió, pues, una de las pastas, y vio con alegría que empezaba a disminuir inmediatamente de tamaño. En cuanto fue lo bastante pequeña para pasar por la puerta, corrió fuera de la casa, y se encontró con un grupo bastante numeroso de animalillos y pájaros que la esperaban. Una lagartija, Bill, estaba en el centro, sostenido por dos conejillos de indias, que le daban a beber algo de una botella. En el momento en que apareció Alicia, todos se abalanzaron sobre ella. Pero Alicia echó a correr con todas sus fuerzas, y pronto se encontró a salvo en un espeso bosque.

- Lo primero que ahora tengo que hacer - se dijo Alicia, mientras vagaba por el bosque - es crecer hasta volver a recuperar mi estatura. Y lo segundo es encontrar la manera de entrar en aquel precioso jardín. Me parece que éste es el mejor plan de acción. Parecía, desde luego, un plan excelente, y expuesto de un modo muy claro y muy simple. La única dificultad radicaba en que no tenía la menor idea de cómo llevarlo a cabo. Y, mientras miraba ansiosamente por entre los árboles, un pequeño ladrido que sonó justo encima de su cabeza la hizo mirar hacia arriba sobresaltada.

Un enorme perrito la miraba desde arriba con sus grandes ojos muy abiertos y alargaba tímidamente una patita para tocarla.

- ¡Qué cosa tan bonita! - dijo Alicia, en tono muy cariñoso, e intentó sin éxito dedicarle un silbido, pero estaba también terriblemente asustada, porque pensaba que el cachorro podía estar hambriento, y, en este caso, lo más probable era que la devorara de un solo bocado, a pesar de todos sus mimos.

Casi sin saber lo que hacía, cogió del suelo una ramita seca y la levantó hacia el perrito, y el perrito dio un salto con las cuatro patas en el aire, soltó un ladrido de satisfacción y se abalanzó sobre el palo en gesto de ataque. Entonces Alicia se escabulló rápidamente tras un gran cardo, para no ser arrollada, y, en cuanto apareció por el otro lado, el cachorro volvió a precipitarse contra el palo, con tanto entusiasmo que perdió el equilibrio y dio una voltereta. Entonces Alicia, pensando que aquello se parecía mucho a estar jugando con un caballo percherón y temiendo ser pisoteada en cualquier momento por sus patazas, volvió a refugiarse detrás del cardo. Entonces el cachorro inició una serie de ataques relámpago contra el palo, corriendo cada vez un poquito hacia adelante y un mucho hacia atrás, y ladrando roncamente todo el rato, hasta que por fin se sentó a cierta distancia, jadeante, la lengua colgándole fuera de la boca y los grandes ojos medio cerrados.

Esto le pareció a Alicia una buena oportunidad para escapar. Así que se lanzó a correr, y corrió hasta el límite de sus fuerzas y hasta quedar sin aliento, y hasta que las ladridos del cachorro sonaron muy débiles en la distancia.

- Y, a pesar de todo, ¡qué cachorrito tan mono era! - dijo Alicia, mientras se apoyaba contra una campanilla para descansar y se abanicaba con una de sus hojas- . ¡Lo que me hubiera gustado enseñarle juegos, si... si hubiera tenido yo el tamaño adecuado para hacerlo! ¡Dios mío! ¡Casi se me había olvidado que tengo que crecer de nuevo! Veamos: ¿qué tengo que hacer para lograrlo? Supongo que tendría que comer o que beber alguna cosa, pero ¿qué? Éste es el gran dilema.

Realmente el gran dilema era ¿qué? Alicia miró a su alrededor hacia las flores y hojas de hierba, pero no vio nada que tuviera aspecto de ser la cosa adecuada para ser comida o bebida en esas circunstancias. Allí cerca se erguía una gran seta, casi de la misma altura que Alicia. Y, cuando hubo mirado debajo de ella, y a ambos lados, y detrás, se le ocurrió que lo mejor sería mirar y ver lo que había encima.

Se puso de puntillas, y miró por encima del borde de la seta, y sus ojos se encontraron de inmediato con los ojos de una gran oruga azul, que estaba sentada encima de la seta con los brazos cruzados, fumando tranquilamente una larga pipa y sin prestar la menor atención a Alicia ni a ninguna otra cosa.

Capítulo 5

Consejos de una oruga

L a Oruga y Alicia se estuvieron mirando un rato en silencio: por fin la Oruga se sacó la pipa de la boca, y se dirigió a la niña en voz lánguida y adormilada.

- ¿Quién eres tú? - dijo la Oruga.

No era una forma demasiado alentadora de empezar una conversación. Alicia contestó un poco intimidada:

- Apenas sé, señora, lo que soy en este momento... Sí sé quién era al levantarme esta mañana, pero creo que he cambiado varias veces desde entonces.

- ¿Qué quieres decir con eso? - preguntó la Oruga con severidad- . ¡A ver si te aclaras contigo misma!

- Temo que no puedo aclarar nada connnigo misma, señora - dijo Alicia- , porque yo no soy yo misma, ya lo ve.

- No veo nada - protestó la Oruga.

- Temo que no podré explicarlo con más claridad - insistió Alicia con voz amable- , porque para empezar ni siquíera lo entiendo yo misma, y eso de cambiar tantas veces de estatura en un solo día resulta bastante desconcertante.

- No resulta nada - replicó la Oruga.

- Bueno, quizás usled no haya sentido hasta ahora nada parecido - dijo Alicia- , pero cuando se convierta en crisálida, cosa que ocurrirá cualquier día, y después en mariposa, me parece que todo le parecerá un poco raro, ¿no cree?

- Ni pizca - declaró la Oruga.

- Bueno, quizá los sentimientos de usted sean distintos a los míos, porque le aseguro que a mi me parecería muy raro.

- ¡A ti! - dijo la Oruga con desprecio- . ¿Quién eres tú?

Con lo cual volvían al principio de la conversación. Alicia empezaba a sentirse molesta con la Oruga, por esas observaciones tan secas y cortantes, de modo que se puso tiesa como un rábano y le dijo con severidad:

- Me parece que es usted la que debería decirme primero quién es.

- ¿Por qué? - inquirió la Oruga.

Era otra pregunta difícil, y como a Alicia no se le acurrió ninguna respuesta convincente y como la Oruga parecia seguir en un estado de ánimo de lo más antipático, la niña dio media vuelta para marcharse.

- ¡Ven aquí! - la llamó la Oruga a sus espaldas- . ¡Tengo algo importante que decirte!

Estas palabras sonaban prometedoras, y Alicia dio otra media vuelta y volvió atrás.

- ¡Vigila este mal genio! - sentenció la Oruga.

- ¿Es eso todo? - preguntó Alicia, tragándose la rabia lo mejor que pudo.

- No - dijo la Oruga.

Alicia decidió que sería mejor esperar, ya que no tenía otra cosa que hacer, y ver si la Oruga decía por fin algo que mereciera la pena. Durante unos minutos la Oruga siguió fumando sin decir palabra, pero después abrió los brazos, volvió a sacarse la pipa de la boca y dijo:

- Así que tú crees haber cambiado, ¿no?

- Mucho me temo que si, señora. No me acuerdo de cosas que antes sabía muy bien, y no pasan diez minutos sin que cambie de tamaño.

- ¿No te acuerdas ¿de qué cosas?

- Bueno, intenté recitar los versos de "Ved cómo la industriosa abeja... pero todo me salió distinto, completamente distinto y seguí hablando de cocodrilos".

- Pues bien, haremos una cosa.

- ¿Que?

- Recítame eso de "Ha envejecido, Padre Guillermo… " - Ordenó la Oruga.

Alicia cruzó los brazos y empezó a recitar el poema:

"Ha envejecido, Padre Guillermo," dijo el chico,
"Y su pelo está lleno de canas;
Sin embargo siempre hace el pino-
¿Con sus años aún tiene las ganas?

"Cuando joven," dijo Padre Guillermo a su hijo,
"No quería dañarme el coco;
Pero ya no me da ningún miedo,
Que de mis sesos me queda muy poco."

"Ha envejecido," dijo el muchacho,
"Como ya se ha dicho;
Sin embargo entró capotando-
¿Como aún puede andar como un bicho?

"Cuando joven," dijo el sabio, meneando su pelo blanco,
"Me mantenía el cuerpo muy ágil
Con ayuda medicinal y, si puedo ser franco,
Debes probarlo para no acabar débil."

"Ha envejecido," dijo el chico, "y tiene los dientes inútiles
para más que agua y vino;
Pero zampó el ganso hasta los huesos frágiles-
A ver, señor, ¿que es el tino?"

Cuando joven," dijo su padre, "me empeñé en ser abogado,
Y discutía la ley con mi esposa;
Y por eso, toda mi vida me ha durado
Una mandíbula muy fuerte y musculosa."

- Eso no está bien - dijo la Oruga.

- No, me temo que no está del todo bien - reconoció Alicia con timidez- . Algunas palabras tal vez me han salido revueltas.

- Está mal de cabo a rabo- sentenció la Oruga en tono implacable, y siguió un silencio de varios minutos.

La Oruga fue la primera en hablar.

¿Qué tamaño te gustaría tener? - le preguntó.

- No soy difícil en asunto de tamaños - se apresuró a contestar Alicia- . Sólo que no es agradable estar cambiando tan a menudo, sabe.

- No sé nada - dijo la Oruga. Alicia no contestó. Nunca en toda su vida le habían llevado tanto la contraria, y sintió que se le estaba acabando la paciencia.

- ¿Estás contenta con tu tamaño actual? - preguntó la Oruga.

- Bueno, me gustaria ser un poco más alta, si a usted no le importa. ¡Siete centímetros es una estatura tan insignificante!

¡Es una estatura perfecta! - dijo la Oruga muy enfadada, irguiéndose cuan larga era (medía exactamente siete centímetros).

- ¡Pero yo no estoy acostumbrada a medir siete centímetros! se lamentó la pobre Alicia con voz lastimera, mientras pensaba para sus adentros: «¡Ojalá estas criaturas no se ofendieran tan fácilmente!»

- Ya te irás acostumbrando - dijo la Oruga, y volvió a meterse la pipa en la boca y empezó otra vez a fumar.

Esta vez Alicia esperó pacientemente a que se decidiera a hablar de nuevo. Al cabo de uno o dos minutos la Oruga se sacó la pipa de la boca, dio unos bostezos y se desperezó. Después bajó de la seta y empezó a deslizarse por la hierba, al tiempo que decía: - Un lado te hará crecer, y el otro lado te hará disminuir

- Un lado ¿de qué? El otro lado ¿de que? - se dijo Alicia para sus adentros.

- De la seta - dijo la Oruga, como si la niña se lo hubiera preguntado en voz alta.

Y al cabo de unos instantes se perdió de vista.

Alicia se quedó un rato contemplando pensativa la seta, en un intento de descubrir cuáles serían sus dos lados, y, como era perfectamente redonda, el problema no resultaba nada fácil. Así pues, extendió los brazos todo lo que pudo alrededor de la seta y arrancó con cada mano un pedacito.

- Y ahora - se dijo- , ¿cuál será cuál?

Dio un mordisquito al pedazo de la mano derecha para ver el efecto y al instante sintió un rudo golpe en la barbilla. ¡La barbilla le había chocado con los pies!

Se asustó mucho con este cambio tan repentino, pero comprendió que estaba disminuyendo rápidamente de tamaño, que no había por tanto tiempo que perder y que debía apresurarse a morder el otro pedazo. Tenía la mandíbula tan apretada contra los pies que resultaba difícil abrir la boca, pero lo consiguió al fin, y pudo tragar un trocito del pedazo de seta que tenía en la mano izquierda.

* * * * * *

«¡Vaya, por fin tengo libre la cabeza!», se dijo Alicia con alivio, pero el alivio se transformó inmediatamente en alarma, al advertir que había perdido de vista sus propios hombros: todo lo que podía ver, al mirar hacia abajo, era un larguísimo pedazo de cuello, que parecía brotar como un tallo del mar de hojas verdes que se extendía muy por debajo de ella.

- ¿Qué puede ser todo este verde? - dijo Alicia- . ¿Y dónde se habrán marchado mis hombros? Y, oh mis pobres manos, ¿cómo es que no puedo veros?

Mientras hablaba movía las manos, pero no pareció conseguir ningún resultado, salvo un ligero estremecimiento que agitó aquella verde hojarasca distante. Como no había modo de que sus manos subieran hasta su cabeza, decidió bajar la cabeza hasta las manos, y descubrió con entusiasmo que su cuello se doblaba con mucha facilidad en cualquier dirección, como una serpiente. Acababa de lograr que su cabeza descendiera por el aire en un gracioso zigzag y se disponía a introducirla entre las hojas, que descubrió no eran más que las copas de los árboles bajo los que antes había estado paseando, cuando un agudo silbido la hizo retroceder a toda prisa. Una gran paloma se precipitaba contra su cabeza y la golpeaba violentamente con las alas.

- ¡Serpiente! - chilló la paloma.

- ¡Yo no soy una serpiente! - protestó Alicia muy indignada- . ¡Y déjame en paz!

- ¡Serpiente, más que serpiente! - siguió la Paloma, aunque en un tono menos convencido, y añadió en una especie de sollozo- : ¡Lo he intentado todo, y nada ha dado resultado!

- No tengo la menor idea de lo que usted está diciendo! - dijo Alicia.

- Lo he intentado en las raíces de los árboles, y lo he intentado en las riberas, y lo he intentado en los setos - siguió la Paloma, sin escuchar lo que Alicia le decía- . ¡Pero siempre estas serpientes! ¡No hay modo de librarse de ellas!

Alicia se sentía cada vez más confusa, pero pensó que de nada serviría todo lo que ella pudiera decir ahora y que era mejor esperar a que la Paloma terminara su discurso.

- ¡Como si no fuera ya bastante engorro empollar los huevos! - dijo la Paloma- . ¡Encima hay que guardarlos día y noche contra las serpientes! ¡No he podido pegar ojo durante tres semanas!

- Siento mucho que sufra usted tantas molestias - dijo Alicia, que empezaba a comprender el significado de las palabras de la Paloma. - ¡Y justo cuando elijo el árbol más alto del bosque - continuó la Paloma, levantando la voz en un chillido- , y justo cuando me creía por fin libre de ellas, tienen que empezar a bajar culebreando desde el cielo! ¡Qué asco de serpientes!

- Pero le digo que yo no soy una serpiente. Yo soy una... Yo soy una...

- Bueno, qué eres, pues? - dijo la Paloma- . ¡Veamos qué demonios inventas ahora!

- Soy... soy una niñita - dijo Alicia, llena de dudas, pues tenía muy presentes todos los cambios que había sufrido a lo largo del día.

- ¡A otro con este cuento! - respondió la Paloma, en tono del más profundo desprecio- . He visto montones de niñitas a lo largo de mi vida, ¡pero ninguna que tuviera un cuello como el tuyo! ¡No, no! Eres una serpiente, y de nada sirve negarlo. ¡Supongo que ahora me dirás que en tu vida te has zampado un huevo!

- Bueno, huevos sí he comido - reconoció Alicia, que siempre decía la verdad- . Pero es que las niñas también comen huevos, igual que las serpientes, sabe.

- No lo creo - dijo la Paloma- , pero, si es verdad que comen huevos, entonces no son más que una variedad de serpientes, y eso es todo.

Era una idea tan nueva para Alicia, que quedó muda durante uno o dos minutos, lo que dio oportunidad a la Paloma de añadir: - ¡Estás buscando huevos! ¡Si lo sabré yo! ¡Y qué más me da a mí que seas una niña o una serpiente?

- ¡Pues a mí sí me da! - se apresuró a declarar Alicia- . Y además da la casualidad de que no estoy buscando huevos. Y aunque estuviera buscando huevos, no querría los tuyos: no me gustan crudos.

- Bueno, pues entonces, lárgate - gruño la Paloma, mientras se volvía a colocar en el nido.

Alicia se sumergió trabajosamente entre los árboles. El cuello se le enredaba entre las ramas y tenía que pararse a cada momento para liberarlo. Al cabo de un rato, recordó que todavía tenía los pedazos de seta, y puso cuidadosamente manos a la obra, mordisqueando primero uno y luego el otro, y creciendo unas veces y decreciendo otras, hasta que consiguió recuperar su estatura normal.

Hacía tanto tiempo que no había tenido un tamaño ni siquiera aproximado al suyo, que al principio se le hizo un poco extraño. Pero no le costó mucho acostumbrarse y empezó a hablar consigo misma como solía.

- ¡Vaya, he realizado la mitad de mi plan! ¡Qué desconcertantes son estos cambios! ¡No puede estar una segura de lo que va a ser al minuto siguiente! Lo cierto es que he recobrado mi estatura normal. El próximo objetivo es entrar en aquel precioso jardín… Me pregunto cómo me las arreglaré para lograrlo.

Mientras decía estas palabras, llegó a un claro del bosque, donde se alzaba una casita de poco más de un metro de altura.

- Sea quien sea el que viva allí - pensó Alicia- , no puedo presentarme con este tamaño. ¡Se morirían del susto!

Asi pues, empezó a mordisquear una vez más el pedacito de la mano derecha, Y no se atrevió a acercarse a la casita hasta haber reducido su propio tamaño a unos veinte centímetros.

Capítulo 6

Cerdo y pimienta

Alicia se quedó mirando la casa uno o dos minutos, y preguntándose lo que iba a hacer, cuando de repente salió corriendo del bosque un lacayo con librea (a Alicia le pareció un lacayo porque iba con librea; de no ser así, y juzgando sólo por su cara, habría dicho que era un pez) y golpeó enérgicamente la puerta con los nudillos. Abrió la puerta otro lacayo de librea, con una cara redonda y grandes ojos de rana. Y los dos lacayos, observó Alicia, llevaban el pelo empolvado y rizado. Le entró una gran curiosidad por saber lo que estaba pasando y salió cautelosamente del bosque para oír lo que decían.

El lacayo-pez empezó por sacarse de debajo del brazo una gran carta, casi tan grande como él, y se la entregó al otro lacayo, mientras decía en tono solemne:

- Para la Duquesa. Una invitación de la Reina para jugar al croquet.

El lacayo-rana lo repitió, en el mismo tono solemne, pero cambiando un poco el orden de las palabras:

- De la Reina. Una invitación para la Duquesa para jugar al croquet.

Después los dos hicieron una profunda reverencia, y los empolvados rizos entrechocaron y se enredaron.

A Alicia le dio tal ataque de risa que tuvo que correr a esconderse en el bosque por miedo a que la oyeran. Y, cuando volvió a asomarse, el lacayo-pez se había marchado y el otro estaba sentado en el suelo junto a la puerta, mirando estúpidamente el cielo. Alicia se acercó tímidamente y llamó a la puerta.

- No sirve de nada llamar - dijo el lacayo- , y esto por dos razones. Primero, porque yo estoy en el mismo lado de la puerta que tú; segundo, porque están armando tal ruido dentro de la casa, que es imposible que te oigan.

Y efectivamente del interior de la casa salia un ruido espantoso: aullidos, estornudos y de vez en cuando un estrepitoso golpe, como si un plato o una olla se hubiera roto en mil pedazos.

- Dígame entonces, por favor - preguntó Alicia- , qué tengo que hacer para entrar.

- Llamar a la puerta serviría de algo - siguió el lacayo sin escucharla- , si tuviéramos la puerta entre nosotros dos. Por ejemplo, si tú estuvieras dentro, podrías llamar, y yo podría abrir para que salieras, sabes.

Había estado mirando todo el rato hacia el cielo, mientras hablaba, y esto le pareció a Alicia decididamente una grosería. «Pero a lo mejor no puede evitarlo», se dijo para sus adentros. «¡Tiene los ojos tan arriba de la cabeza! Aunque por lo menos podría responder cuando se le pregunta algo.»

- ¿Qué tengo que hacer para entrar? - repitió ahora en voz alta.

- Yo estaré sentado aquí - observó el lacayo- hasta mañana...

En este momento la puerta de la casa se abrió, y un gran plato salió zumbando por los aires, en dirección a la cabeza del lacayo: le rozó la nariz y fue a estrellarse contra uno de los árboles que había detrás.

- ... o pasado mañana, quizás - continuó el lacayo en el mismo tono de voz, como si no hubiese pasado absolutamente nada. - ¿Qué tengo que hacer para entrar? - volvió a preguntar Alicia alzando la voz.

- Pero ¿tienes realmente que entrar? - dijo el lacayo- . Esto es lo primero que hay que aclarar, sabes.

Era la pura verdad, pero a Alicia no le gustó nada que se lo dijeran.

- ¡Qué pesadez! - masculló para sí- . ¡Qué manera de razonar tienen todas estas criaturas! ¡Hay para volverse loco!

Al lacayo le pareció ésta una buena oportunidad para repetir su observación, con variaciones:

- Estaré sentado aquí - dijo- dias y días.

- Pero ¿qué tengo que hacer yo? - insistió Alicia.

- Lo que se te antoje - dijo el criado, y empezó a silbar.

- ¡Oh, no sirve para nada hablar con él! - murmuró Alicia desesperada- . ¡Es un perfecto idiota!

Abrió la puerta y entró en la casa.

La puerta daba directamente a una gran cocina, que estaba completamente llena de humo. En el centro estaba la Duquesa, sentada sobre un taburete de tres patas y con un bebé en los brazos. La cocinera se inclinaba sobre el fogón y revolvía el interior de un enorme puchero que parecía estar lleno de sopa.

- ¡Esta sopa tiene por descontado demasiada pimienta! - se dijo Alicia para sus adentros, mientras soltaba el primer estornudo. Donde si había demasiada pimienta era en el aire. Incluso la Duquesa estornudaba de vez en cuando, y el bebé estornudaba y aullaba alternativamente, sin un momento de respiro. Los únicos seres que en aquella cocina no estornudaban eran la cocinera y un rollizo gatazo que yacía cerca del fuego, con una sonrisa de oreja a oreja.

- ¿Por favor, podría usted decirme - preguntó Alicia con timidez, pues no estaba demasiado segura de que fuera correcto por su parte empezar ella la conversación- por qué sonríe su gato de esa manera?

- Es un gato de Cheshire - dijo la Duquesa- , por eso sonríe. ¡Cochino!

Gritó esta última palabra con una violencia tan repentina, que Alicia estuvo a punto de dar un salto, pero en seguida se dio cuenta de que iba dirigida al bebé, y no a ella, de modo que recobró el valor y siguió hablando.

- No sabía que los gatos de Cheshire estuvieran siempre sonriendo. En realidad, ni siquiera sabía que los gatos pudieran sonreír. - Todos pueden - dijo la Duquesa- , y muchos lo hacen.

- No sabía de ninguno que lo hiciera - dijo Alicia muy amablemente, contenta de haber iniciado una conversación.

- No sabes casi nada de nada - dijo la Duquesa- . Eso es lo que ocurre.

A Alicia no le gustó ni pizca el tono de la observación, y decidió que sería oportuno cambiar de tema. Mientras estaba pensando qué tema elegir, la cocinera apartó la olla de sopa del fuego, y comenzó a lanzar todo lo que caía en sus manos contra la Duquesa y el bebé: primero los hierros del hogar, después una lluvia de cacharros, platos y fuentes. La Duquesa no dio señales de enterarse, ni siquiera cuando los proyectiles la alcanzaban, y el bebé berreaba ya con tanta fuerza que era imposible saber si los golpes le dolían o no.

- ¡Oh, por favor, tenga usted cuidado con lo que hace! - gritó Alicia, mientras saltaba asustadísima para esquivar los proyectiles-. ¡Le va a arrancar su preciosa nariz! - añadió, al ver que un caldero extraordinariamente grande volaba muy cerca de la cara de la Duquesa.

- Si cada uno se ocupara de sus propios asuntos - dijo la Duquesa en un gruñido- , el mundo giraría mucho mejor y con menos pérdida de tiempo.

- Lo cual no supondría ninguna ventaja - intervino Alicia, muy contenta de que se presentara una oportunidad de hacer gala de sus conocimientos- . Si la tierra girase más aprisa, ¡imagine usted el lío que se armaría con el día y la noche! Ya sabe que la tierra tarda veinticuatro horas en ejecutar un giro completo sobre su propio eje...

- Hablando de ejecutar - interrumpió la Duquesa- , ¡que le corten la cabeza!

Alicia miró a la cocinera con ansiedad, para ver si se disponía a hacer algo parecido, pero la cocinera estaba muy ocupada revolviendo la sopa y no parecía prestar oídos a la conversación, de modo que Alicia se animó a proseguir su lección:

- Veinticuatro horas, creo, ¿o son doce? Yo...

- Tú vas a dejar de fastidiarme - dijo la Duquesa- . ¡Nunca he soportado los cálculos!

Y empezó a mecer nuevamente al niño, mientras le cantaba una especie de nana, y al final de cada verso propinaba al pequeño una fuerte sacudida.

Grítale y zurra al niñito
si se pone a estornudar,
porque lo hace el bendito
sólo para fastidiar.

CORO

(Con participación de la cocinera y el bebé)
¡Gua! ¡Gua! ¡Gua!

Cuando comenzó la segunda estrofa, la Duquesa lanzó al niño al aire, recogiéndolo luego al caer, con tal violencia que la criatura gritaba a voz en cuello. Alicia apenas podía distinguir las palabras:

A mi hijo le grito,
y si estornuda, ¡menuda paliza!
Porque, ¿es que acaso no le gusta
la pimienta cuando le da la gana?

CORO

(Con participación de la cocinera y el bebé)
¡Gua! ¡Gua! ¡Gua!

- ¡Ea! ¡Ahora puedes mecerlo un poco tú, si quieres! - dijo la Duquesa al concluir la canción, mientras le arrojaba el bebé por el aire- . Yo tengo que ir a arreglarme para jugar al croquet con la Reina.

Y la Duquesa salió apresuradamente de la habitación. La cocinera le tiró una sartén en el último instante, pero no la alcanzó.

Alicia cogió al niño en brazos con cierta dificultad, pues se trataba de una criaturita de forma extraña y que forcejeaba con brazos y piernas en todas direcciones, «como una estrella de mar», pensó Alicia. El pobre pequeño resoplaba como una maquina de vapor cuando ella lo cogió, y se encogía y se estiraba con tal furia que durante los primeros minutos Alicia se las vio y deseó para evitar que se le escabullera de los brazos.

En cuanto encontró el modo de tener el niño en brazos (modo que consistió en retorcerlo en una especie de nudo, la oreja izquierda y el pie derecho bien sujetos para impedir que se deshiciera), Alicia lo sacó al aire libre. «Si no me llevo a este niño conmigo», pensó, «seguro que lo matan en un día o dos. ¿Acaso no sería un crimen dejarlo en esta casa?» Dijo estas últimas palabras en alta voz, y el pequeño le respondió con un gruñido (para entonces había dejado ya de estornudar).

- No gruñas - le riñó Alicia- . Ésa no es forma de expresarse.

El bebé volvió a gruñir, y Alicia le miró la cara con ansiedad, para ver si le pasaba algo. No había duda de que tenía una nariz muy respingona, mucho más parecida a un hocico que a una verdadera nariz. Además los ojos se le estaban poniendo demasiado pequeños para ser ojos de bebé. A Alicia no le gustaba ni pizca el aspecto que estaba tomando aquello. «A lo mejor es porque ha estado llorando», pensó, y le miró de nuevo los ojos, para ver si había alguna lágrima. No, no había lágrimas.

- Si piensas convertirte en un cerdito, cariño - dijo Alicia muy seria- , yo no querré saber nada contigo. ¡Conque ándate con cuidado!

La pobre criaturita volvió a soltar un quejido (¿o un gruñido? era imposible asegurarlo), y los dos anduvieron en silencio durante un rato.

Alicia estaba empezando a preguntarse a sí misma: «Y ahora, ¿qué voy a hacer yo con este chiquillo al volver a mi casa?», cuando el bebé soltó otro gruñido, con tanta violencia que volvió a mirarlo alarmada. Esta vez no cabía la menor duda: no era ni más ni menos que un cerdito, y a Alicia le pareció que sería absurdo seguir llevándolo en brazos.

Asi pues, lo dejó en el suelo, y sintió un gran alivio al ver que echaba a trotar y se adentraba en el bosque.

«Si hubiera crecido», se dijo a sí misma, «hubiera sido un niño terriblemente feo, pero como cerdito me parece precioso». Y empezó a pensar en otros niños que ella conocía y a los que les sentaría muy bien convertirse en cerditos. «¡Si supiéramos la manera de transformarlos!», se estaba diciendo, cuando tuvo un ligero sobresalto al ver que el Gato de Cheshire estaba sentado en la rama de un árbol muy próximo a ella.

El Gato, cuando vio a Alicia, se limitó a sonreír. Parecía tener buen carácter, pero también tenía unas uñas muy largas Y muchísimos dientes, de modo que sería mejor tratarlo con respeto.

- Minino de Cheshire - empezó Alicia tímidamente, pues no estaba del todo segura de si le gustaría este tratamiento: pero el Gato no hizo más que ensanchar su sonrisa, por lo que Alicia decidió que sí le gustaba- . Minino de Cheshire, ¿podrias decirme, por favor, qué camino debo seguir para salir de aquí?

- Esto depende en gran parte del sitio al que quieras llegar - dijo el Gato.

- No me importa mucho el sitio… - dijo Alicia.

- Entonces tampoco importa mucho el camino que tomes - dijo el Gato.

- … siempre que llegue a alguna parte - añadió Alicia como explicación.

- ¡Oh, siempre llegarás a alguna parte - aseguró el Gato- , si caminas lo suficiente!

A Alicia le pareció que esto no tenía vuelta de hoja, y decidió hacer otra pregunta:

¿Qué clase de gente vive por aquí?

- En esta dirección - dijo el Gato, haciendo un gesto con la pata derecha- vive un Sombrerero. Y en esta dirección - e hizo un gesto con la otra pata- vive una Liebre de Marzo. Visita al que quieras: los dos están locos.

- Pero es que a mí no me gusta tratar a gente loca - protestó Alicia.

- Oh, eso no lo puedes evitar - repuso el Gato- . Aquí todos estamos locos. Yo estoy loco. Tú estás loca.

- ¿Cómo sabes que yo estoy loca? - preguntó Alicia.

- Tienes que estarlo afirmó el Gato- , o no habrías venido aqui.

Alicia pensó que esto no demostraba nada. Sin embargo, continuó con sus preguntas:

- ¿Y cómo sabes que tú estás loco?

- Para empezar -repuso el Gato- , los perros no están locos. ¿De acuerdo?

- Supongo que sí - concedió Alicia.

- Muy bien. Pues en tal caso - siguió su razonamiento el Gato- , ya sabes que los perros gruñen cuando están enfadados, y mueven la cola cuando están contentos. Pues bien, yo gruño cuando estoy contento, y muevo la cola cuando estoy enfadado. Por lo tanto, estoy loco.

- A eso yo le llamo ronronear, no gruñir - dijo Alicia.

- Llámalo como quieras - dijo el Gato- . ¿Vas a jugar hoy al croquet con la Reina?

- Me gustaría mucho - dijo Alicia- , pero por ahora no me han invitado.

- Allí nos volveremos a ver - aseguró el Gato, y se desvaneció.

A Alicia esto no la sorprendió demasiado, tan acostumbrada estaba ya a que sucedieran cosas raras. Estaba todavía mirando hacia el lugar donde el Gato había estado, cuando éste reapareció de golpe.

- A propósito, ¿qué ha pasado con el bebé? - preguntó- . Me olvidaba de preguntarlo.

- Se convirtió en un cerdito - contestó Alicia sin inmutarse, como si el Gato hubiera vuelto de la forma más natural del mundo. - Ya sabía que acabaría así - dijo el Gato, y desapareció de nuevo.

Alicia esperó un ratito, con la idea de que quizás aparecería una vez más, pero no fue así, y, pasados uno o dos minutos, la niña se puso en marcha hacia la dirección en que le había dicho que vivía la Liebre de Marzo.

- Sombrereros ya he visto algunos - se dijo para sí- . La Liebre de Marzo será mucho más interesante. Y además, como estamos en mayo, quizá ya no esté loca… o al menos quizá no esté tan loca como en marzo.

Mientras decía estas palabras, miró hacia arriba, y allí estaba el Gato una vez más, sentado en la rama de un árbol.

- ¿Dijiste cerdito o cardito? - preguntó el Gato.

- Dije cerdito - contestó Alicia- . ¡Y a ver si dejas de andar apareciendo y desapareciendo tan de golpe! ¡Me da mareo!

- De acuerdo - dijo el Gato.

Y esta vez desapareció despacito, con mucha suavidad, empezando por la punta de la cola y terminando por la sonrisa, que permaneció un rato allí, cuando el resto del Gato ya había desaparecido.

- ¡Vaya! - se dijo Alicia- . He visto muchísimas veces un gato sin sonrisa, ¡pero una sonrisa sin gato! ¡Es la cosa más rara que he visto en toda mi vida!

No tardó mucho en llegar a la casa de la Liebre de Marzo. Pensó que tenía que ser forzosamente aquella casa, porque las chimeneas tenían forma de largas arejas y el techo estaba recubierto de piel. Era una casa tan grande, que no se atrevió a acercarse sin dar antes un mordisquito al pedazo de seta de la mano izquierda, con lo que creció hasta una altura de unos dos palmos. Aún así, se acercó con cierto recelo, mientras se decía a sí misma:

- ¿Y si estuviera loca de verdad? ¡Empiezo a pensar que tal vez hubiera sido mejor ir a ver al Sombrerero!

Capítulo 7

Una merienda de locos

Habían puesto la mesa debajo de un árbol, delante de la casa, y la Liebre de Marzo y el Sombrerero estaban tomando el té. Sentado entre ellos había un Lirón, que dormía profundamente, y los otros dos lo hacían servir de almohada, apoyando los codos sobre él, y hablando por encima de su cabeza. «Muy incómodo para el Lirón», pensó Alicia. «Pero como está dormido, supongo que no le importa.»

La mesa era muy grande, pero los tres se apretujaban muy juntos en uno de los extremos.

-¡No hay sitio! -se pusieron a gritar, cuando vieron que se acercaba Alicia.

-¡Hay un montón de sitio! -protestó Alicia indignada, y se sentó en un gran sillón a un extremo de la mesa.

-Toma un poco de vino -la animó la Liebre de Marzo.

Alicia miró por toda la mesa, pero allí sólo había té.

-No veo ni rastro de vino -observó.

-Claro. No lo hay -dijo la Liebre de Marzo.

-En tal caso, no es muy correcto por su parte andar ofreciéndolo - dijo Alicia enfadada.

-Tampoco es muy correcto por tu parte sentarte con nosotros sin haber sido invitada -dijo la Liebre de Marzo.

-No sabía que la mesa era suya -dijo Alicia-. Está puesta para muchas más de tres personas.

-Necesitas un buen corte de pelo -dijo el Sombrerero.

Había estado observando a Alicia con mucha curiosidad, y estas eran sus primeras palabras.

-Debería aprender usted a no hacer observaciones tan personales - dijo Alicia con acritud-. Es de muy mala educación.

Al oír esto, el Sombrerero abrió unos ojos como naranjas, pero lo único que dijo fue:

-¿En qué se parece un cuervo a un escritorio?

«¡Vaya, parece que nos vamos a divertir!», pensó Alicia. «Me encanta que hayan empezado a jugar a las adivinanzas.» Y añadió en voz alta:

-Creo que sé la solución.

-¿Quieres decir que crees que puedes encontrar la solución? - Preguntó la Liebre de Marzo.

-Exactamente -contestó Alicia.

-Entonces debes decir lo que piensas -siguió la Liebre de Marzo.

-Ya lo hago -se apresuró a replicar Alicia-. O al menos... al menos pienso lo que digo... Viene a ser lo mismo, ¿no?

-¿Lo mismo? ¡De ninguna manera! -dijo el Sombrerero-. ¡En tal caso, sería lo mismo decir «veo lo que como» que «como lo que veo»!

-¡Y sería lo mismo decir -añadió la Liebre de Marzo- «me gusta lo que tengo» que «tengo lo que me gusta»!

-¡Y sería lo mismo decir -añadió el Lirón, que parecía hablar en medio de sus sueños- «respiro cuando duermo» que «duermo cuando respiro»!

-Es lo mismo en tu caso -dijo el Sombrerero.

Y aquí la conversación se interrumpió, y el pequeño grupo se mantuvo en silencio unos instantes, mientras Alicia intentaba recordar todo lo que sabía de cuervos y de escritorios, que no era demasiado.

El Sombrerero fue el primero en romper el silencio.

-¿Qué día del mes es hoy? -preguntó, dirigiéndose a Alicia.

Se había sacado el reloj del bolsillo, y lo miraba con ansiedad, propinándole violentas sacudidas y llevándoselo una y otra vez al oído.

Alicia reflexionó unos instantes.

-Es día cuatro dijo por fin.

-¡Dos días de error! -se lamentó el Sombrerero, y, dirigiéndose amargamente a la Liebre de Marzo, añadió-: ¡Ya te dije que la mantequilla no le sentaría bien a la maquinaria!

-Era mantequilla de la mejor -replicó la Liebre muy compungida.

-Sí, pero se habrán metido también algunas migajas -gruñó el Sombrerero-. No debiste utilizar el cuchillo del pan.

La Liebre de Marzo cogió el reloj y lo miró con aire melancólico: después lo sumergió en su taza de té, y lo miró de nuevo.

Pero no se le ocurrió nada mejor que decir y repitió su primera observación:

-Era mantequilla de la mejor, sabes.

Alicia había estado mirando por encima del hombro de la Liebre con bastante curiosidad.

-¡Qué reloj más raro! -exclamó-. ¡Señala el día del mes, y no señala la hora que es!

-¿Y por qué habría de hacerlo? -rezongó el Sombrerero-. ¿Señala tu reloj el año en que estamos?

-Claro que no -reconoció Alicia con prontitud-. Pero esto es porque está tanto tiempo dentro del mismo año.

-Que es precisamente lo que le pasa al mío -dijo el Sombrerero.

Alicia quedó completamente desconcertada. Las palabras del Sombrerero no parecían tener el menor sentido.

-No acabo de comprender -dijo, tan amablemente como pudo.

-El Lirón se ha vuelto a dormir -dijo el Sombrerero, y le echó un poco de té caliente en el hocico.

El Lirón sacudió la cabeza con impaciencia, y dijo, sin abrir los ojos:

-Claro que sí, claro que sí. Es justamente lo que yo iba a decir.

-¿Has encontrado la solución a la adivinanza? -preguntó el Sombrerero, dirigiéndose de nuevo a Alicia.

-No. Me doy por vencida. ¿Cuál es la solución?

-No tengo la menor idea -dijo el Sombrerero.

-Ni yo -dijo la Liebre de Marzo.

Alicia suspiró fastidiada.

-Creo que ustedes podrían encontrar mejor manera de matar el tiempo -dijo- que ir proponiendo adivinanzas sin solución.

-Si conocieras al Tiempo tan bien como lo conozco yo -dijo el Sombrerero-, no hablarías de matarlo. ¡El Tiempo es todo un personaje!

-No sé lo que usted quiere decir -protestó Alicia.

-¡Claro que no lo sabes! -dijo el Sombrerero, arrugando la nariz en un gesto de desprecio-. ¡Estoy seguro de que ni siquiera has hablado nunca con el Tiempo!

-Creo que no -respondió Alicia con cautela-. Pero en la clase de música tengo que marcar el tiempo con palmadas.

-¡Ah, eso lo explica todo! -dijo el Sombrerero-. El Tiempo no tolera que le den palmadas. En cambio, si estuvieras en buenas relaciones con él, haría todo lo que tú quisieras con el reloj. Por ejemplo, supón que son las nueve de la mañana, justo la hora de empezar las clases, pues no tendrías más que susurrarle al Tiempo tu deseo y el Tiempo en un abrir y cerrar de ojos haría girar las agujas de tu reloj. ¡La una y media!¡Hora de comer!

(«¡Cómo me gustaría que lo fuera ahora!», se dijo la Liebre de Marzo para sí en un susurro.)

-Sería estupendo, desde luego -admitió Alicia, pensativa-. Pero entonces todavía no tendría hambre, ¿no le parece?

-Quizá no tuvieras hambre al principio -dijo el Sombrerero-. Pero es que podrías hacer que siguiera siendo la una y media todo el rato que tú quisieras.

-¿Es esto lo que ustedes hacen con el Tiempo? -preguntó Alicia.

El Sombrerero movió la cabeza con pesar.

-¡Yo no! -contestó-. Nos peleamos el pasado marzo, justo antes de que ésta se volviera loca, sabes (y señaló con la cucharilla hacia la Liebre de Marzo).

-¿Ah, sí?- preguntó Alicia interesada.

-Sí. Sucedió durante el gran concierto que ofreció la Reina de Corazones, y en el que me tocó cantar a mí.

-¿Y que cantaste?- preguntó Alicia.

-Pues canté:

"Brilla, brilla, ratita alada, ¿En que estás tan atareada"?

-Porque esa canción la conocerás, ¿no?

-Quizá me suene de algo, pero no estoy segura- dijo Alicia.

-Tiene más estrofas -siguió el Sombrerero-. Por ejemplo:

"Por sobre el Universo vas volando, con una bandeja de teteras llevando. Brilla, brilla… "

Al llegar a este punto, el Lirón se estremeció y empezó a canturrear en sueños: «brilla, brilla, brilla, brilla… » Y, estuvo así tanto rato que tuvieron que darle un buen pellizco para que se callara.

-Bueno -siguió contando su historia el Sombrerero-. Lo cierto es que apenas había terminado yo la primera estrofa, cuando la Reina se puso a gritar: «¡Vaya forma estúpida de matar el tiempo! ¡Que le corten la cabeza!»

-¡Qué barbaridad! ¡Vaya fiera! -exclamó Alicia.

-Y desde entonces -añadió el Sombrerero con una voz tristísima-, el Tiempo cree que quise matarlo y no quiere hacer nada por mí. Ahora son siempre las seis de la tarde.

Alicia comprendió de repente todo lo que allí ocurría.

-¿Es ésta la razón de que haya tantos servicios de té encima de la mesa? -preguntó.

-Sí, ésta es la razón -dijo el Sombrerero con un suspiro-. Siempre es la hora del té, y no tenemos tiempo de lavar la vajilla entre té y té.

-¿Y lo que hacen es ir dando la vuelta?, ¿A la mesa, verdad? - preguntó Alicia.

-Exactamente -admitió el Sombrerero-, a medida que vamos ensuciando las tazas.

-Pero, ¿qué pasa cuando llegan de nuevo al principio de la mesa? - se atrevió a preguntar Alicia.

-¿Y si cambiáramos de conversación? -los interrumpió la Liebre de Marzo con un bostezo-. Estoy harta de todo este asunto. Propongo que esta señorita nos cuente un cuento.

-Mucho me temo que no sé ninguno -se apresuró a decir Alicia, muy alarmada ante esta proposición.

-¡Pues que lo haga el Lirón! -exclamaron el Sombrerero y la Liebre de Marzo-. ¡Despierta, Lirón!

Y empezaron a darle pellizcos uno por cada lado.

El Lirón abrió lentamente los ojos.

-No estaba dormido -aseguró con voz ronca y débil-. He estado escuchando todo lo que decíais, amigos.

-¡Cuéntanos un cuento! -dijo la Liebre de Marzo.

-¡Sí, por favor! -imploró Alicia.

-Y date prisa -añadió el Sombrerero-. No vayas a dormirte otra vez antes de terminar.

-Había una vez tres hermanitas empezó apresuradamente el Lirón-, y se llamaban Elsie, Lacie y Tilie, y vivían en el fondo de un pozo…

-¿Y de qué se alimentaban? -preguntó Alicia, que siempre se interesaba mucho por todo lo que fuera comer y beber.

-Se alimentaban de melaza -contestó el Lirón, después de reflexionar unos segundos.

-No pueden haberse alimentado de melaza, sabe -observó Alicia con amabilidad-. Se habrían puesto enfermísimas.

-Y así fue -dijo el Lirón-. Se pusieron de lo más enfermísimas.

Alicia hizo un esfuerzo por imaginar lo que sería vivir de una forma tan extraordinaria, pero no lo veía ni pizca claro, de modo que siguió preguntando:

-Pero, ¿por qué vivían en el fondo de un pozo?

-Toma un poco más de té -ofreció solícita la Liebre de Marzo.

-Hasta ahora no he tomado nada -protestó Alicia en tono ofendido-, de modo que no puedo tomar más.

-Quieres decir que no puedes tomar menos -puntualizó el Sombrerero-. Es mucho más fácil tomar más que nada.

-Nadie le pedía su opinión -dijo Alicia.

-¿Quién está haciendo ahora observaciones personales? —preguntó el Sombrerero en tono triunfal. Alicia no supo qué contestar a esto. Así pues, optó por servirse un poco de té y pan con mantequilla. Y después, se volvió hacia el Lirón y le repitió la misma pregunta: -¿Por qué vivían en el fondo de un pozo?

El Lirón se puso a cavilar de nuevo durante uno o dos minutos, y entonces dijo:

-Era un pozo de melaza.

-¡No existe tal cosa!

Alicia había hablado con energía, pero el Sombrerero y la Liebre de Marzo la hicieron callar con sus «¡Chst! ¡Chst!», mientras el Lirón rezongaba indignado:

-Si no sabes comportarte con educación, mejor será que termines tú el cuento.

-No, por favor, ¡continúe! -dijo Alicia en tono humilde-. No volveré a interrumpirle. Puede que en efecto exista uno de estos pozos.

-¡Claro que existe uno! -exclamó el Lirón indignado. Pero, sin embargo, estuvo dispuesto a seguir con el cuento-. Así pues, nuestras tres hermanitas… estaban aprendiendo a dibujar, sacando…

-¿Qué sacaban? -preguntó Alicia, que ya había olvidado su promesa.

-Melaza -contestó el Lirón, sin tomarse esta vez tiempo para reflexionar.

-Quiero una taza limpia -les interrumpió el Sombrerero-. Corrámonos todos un sitio.

Se cambió de silla mientras hablaba, y el Lirón le siguió: la Liebre de Marzo pasó a ocupar el sitio del Lirón, y Alicia ocupó a regañadientes el asiento de la Liebre de Marzo. El Sombrerero era el único que salía ganando con el cambio, y Alicia estaba bastante peor que antes, porque la Liebre de Marzo acababa de derramar la leche dentro de su plato.

Alicia no quería ofender otra vez al Lirón, de modo que empezó a hablar con mucha prudencia:

-Pero es que no lo entiendo. ¿De donde sacaban la melaza?

-Uno puede sacar agua de un pozo de agua -dijo el Sombrerero- ¿por qué no va a poder sacar melaza de un pozo de melaza? ¡No seas estúpida!

-Pero es que ellas estaban dentro, bien adentro -le dijo Alicia al Lirón, no queriéndose dar por enterada de las últimas palabras del Sombrerero.

-Claro que lo estaban -dijo el Lirón-. Estaban de lo más requetebién.

Alicia quedó tan confundida al ver que el Lirón había entendido algo distinto a lo que ella quería decir, que no volvió a interrumpirle durante un ratito.

-Nuestras tres hermanitas estaban aprendiendo, pues, a dibujar - siguió el Lirón, bostezando y frotándose los ojos, porque le estaba entrando un sueño terrible-, y dibujaban todo tipo de cosas… todo lo que empieza con la letra M…

-¿Por qué con la M? -preguntó Alicia.

-¿Y por qué no? -preguntó la Liebre de Marzo.

Alicia guardó silencio.

Para entonces, el Lirón había cerrado los ojos y empezaba a cabecear. Pero, con los pellizcos del Sombrerero, se despertó de nuevo, soltó un gritito y siguió la narración: -… lo que empieza con la letra M, como matarratas, mundo, memoria y mucho… muy, en fin todas esas cosas. Mucho, digo, porque ya sabes, como cuando se dice "un mucho más que un menos". ¿Habéis visto alguna vez el dibujo de un «mucho»?

-Ahora que usted me lo pregunta -dijo Alicia, que se sentía terriblemente confusa-, debo reconocer que yo no pienso…

-¡Pues si no piensas, cállate! -la interrumpió el Sombrerero.

Esta última grosería era más de lo que Alicia podía soportar: se levantó muy disgustada y se alejó de allí. El Lirón cayó dormido en el acto, y ninguno de los otros dio la menor muestra de haber advertido su marcha, aunque Alicia miró una o dos veces hacia atrás, casi esperando que la llamaran. La última vez que los vio estaban intentando meter al Lirón dentro de la tetera.

-¡Por nada del mundo volveré a poner los pies en ese lugar! -se dijo Alicia, mientras se adentraba en el bosque-. ¡Es la merienda más estúpida a la que he asistido en toda mi vida!

Mientras decía estas palabras, descubrió que uno de los árboles tenía una puerta en el tronco.

-¡Qué extraño! -pensó-. Pero todo es extraño hoy. Creo que lo mejor será que entre en seguida.

Y entró en el árbol.

Una vez más se encontró en el gran vestíbulo, muy cerca de la mesita de cristal. «Esta vez haré las cosas mucho mejor», se dijo a sí misma. Y empezó por coger la llavecita de oro y abrir la puerta que daba al jardín. Entonces se puso a mordisquear cuidadosamente la seta (se había guardado un pedazo en el bolsillo), hasta que midió poco más de un palmo. Entonces se adentró por el estrecho pasadizo. Y entonces… entonces estuvo por fin en el maravilloso jardín, entre las flores multicolores y las frescas fuentes.

Capítulo 8

El croquet de la reina

Un gran rosal se alzaba cerca de la entrada del jardín: sus rosas eran blancas, pero había allí tres jardineros ocupados en pintarlas de rojo. A Alicia le pareció muy extraño, y se acercó para averiguar lo que pasaba, y al acercarse a ellos oyó que uno de los jardineros decía:

-¡Ten cuidado, Cinco! ¡No me salpiques así de pintura!

-No es culpa mía -dijo Cinco, en tono dolido-. Siete me ha dado un golpe en el codo.

Ante lo cual, Siete levantó los ojos dijo:

-¡Muy bonito, Cinco! ¡Échales siempre la culpa a los demás!

-¡Mejor será que calles esa boca! -dijo Cinco-. ¡Ayer mismo oí decir a la Reina que debían cortarte la cabeza!

-¿Por qué? -preguntó el que había hablado en primer lugar.

-¡Eso no es asunto tuyo, Dos! -dijo Siete.

-¡Sí es asunto suyo! -protestó Cinco-. Y voy a decírselo: fue por llevarle a la cocinera bulbos de tulipán en vez de cebollas.

Siete tiró la brocha al suelo y estaba empezando a decir: «¡Vaya! De todas las injusticias… », cuando sus ojos se fijaron casualmente en Alicia, que estaba allí observándolos, y se calló en el acto. Los otros dos se volvieron también hacia ella, y los tres hicieron una profunda reverencia.

-¿Querrían hacer el favor de decirme -empezó Alicia con cierta timidez- por qué están pintando estas rosas?

Cinco y Siete no dijeron nada, pero miraron a Dos. Dos empezó en una vocecita temblorosa:

-Pues, verá usted, señorita, el hecho es que esto tenía que haber sido un rosal rojo, y nosotros plantamos uno blanco por equivocación, y, si la

Reina lo descubre, nos cortarán a todos la cabeza, sabe. Así que, ya ve, señorita, estamos haciendo lo posible, antes de que ella llegue, para…

En este momento, Cinco, que había estado mirando ansiosamente por el jardín, gritó: «¡La Reina! ¡La Reina!», y los tres jardineros se arrojaron inmediatamente de bruces en el suelo. Se oía un ruido de muchos pasos, y Alicia miró a su alrededor, ansiosa por ver a la Reina.

Primero aparecieron diez soldados, enarbolando tréboles. Tenían la misma forma que los tres jardineros, oblonga y plana, con las manos y los pies en las esquinas. Después seguían diez cortesanos, adornados enteramente con diamantes, y formados, como los soldados, de dos en dos. A continuación venían los infantes reales; eran también diez, y avanzaban saltando, cogidos de la mano de dos en dos, adornados con corazones. Después seguían los invitados, casi todos reyes y reinas, y entre ellos Alicia reconoció al Conejo Blanco: hablaba atropelladamente, muy nervioso, sonriendo sin ton ni son, y no advirtió la presencia de la niña. A continuación venía el Valet de Corazones, que llevaba la corona del Rey sobre un cojín de terciopelo carmesí. Y al final de este espléndido cortejo avanzaban el *Rey y la Reina de Corazones*.

Alicia estaba dudando si debería o no echarse de bruces como los tres jardineros, pero no recordaba haber oído nunca que tuviera uno que hacer algo así cuando pasaba un desfile. «Y además», pensó, «¿de qué serviría un desfile, si todo el mundo tuviera que echarse de bruces, de modo que no pudiera ver nada?» Así pues, se quedó quieta donde estaba, y esperó. Cuando el cortejo llegó a la altura de Alicia, todos se detuvieron y la miraron, y la Reina preguntó severamente:

-¿Quién es ésta?

La pregunta iba dirigida al Valet de Corazones, pero el Valet no hizo más que inclinarse y sonreír por toda respuesta.

-¡Idiota! -dijo la Reina, agitando la cabeza con impaciencia, y, volviéndose hacia Alicia, le preguntó-: ¿Cómo te llamas, niña?

-Me llamo Alicia, para servir a Su Majestad -contestó Alicia en un tono de lo más cortés, pero añadió para sus adentros: «Bueno, a fin de cuentas, no son más que una baraja de cartas. ¡No tengo por qué sentirme asustada!»

-¿Y quiénes son éstos? -siguió preguntando la Reina, mientras señalaba a los tres jardineros que yacían en torno al rosal.

Porque, claro, al estar de bruces sólo se les veía la parte de atrás, que era igual en todas las cartas de la baraja, y la Reina no podía saber si eran jardineros, o soldados, o cortesanos, o tres de sus propios hijos.

-¿Cómo voy a saberlo yo? -replicó Alicia, asombrada de su propia audacia-. ¡No es asunto mío!

La Reina se puso roja de furia, y, tras dirigirle una mirada fulminante y feroz, empezó a gritar:

-¡Que le corten la cabeza! ¡Que le corten… !

-¡Tonterías! -exclamó Alicia, en voz muy alta y decidida.

Y la Reina se calló.

El Rey le puso la mano en el brazo, y dijo con timidez:

Considera, cariño, que sólo se trata de una niña!

La Reina se desprendió furiosa de él, y dijo al Valet:

-¡Dales la vuelta a éstos!

Y así lo hizo el Valet, muy cuidadosamente, con un pie.

-¡Arriba! -gritó la Reina, en voz fuerte y detonante.

Y los tres jardineros se pusieron en pie de un salto, y empezaron a hacer profundas reverencias al Rey, a la Reina, a los infantes reales, al Valet y a todo el mundo.

-¡Basta ya! -gritó la Reina-. ¡Me estáis poniendo nerviosa! -Y después, volviéndose hacia el rosal, continuó-: ¡Qué diablos habéis estado haciendo aquí?

-Con la venia de Su Majestad -empezó a explicar Dos, en tono muy humilde, e hincando en el suelo una rodilla mientras hablaba-, estábamos intentando…

-¡Ya lo veo! -estalló la Reina, que había estado examinando las rosas ¡Que les corten la cabeza!

Y el cortejo se puso de nuevo en marcha, aunque tres soldados se quedaron allí para ejecutar a los desgraciados jardineros, que corrieron a refugiarse junto a Alicia.

-¡No os cortarán la cabeza! -dijo Alicia, y los metió en una gran maceta que había allí cerca.

Los tres soldados estuvieron algunos minutos dando vueltas por allí, buscando a los jardineros, y después se marcharon tranquilamente tras el cortejo.

-¿Han perdido sus cabezas? -gritó la Reina.

-Sí, sus cabezas se han perdido, con la venia de Su Majestad - gritaron los soldados como respuesta.

-¡Muy bien! -gritó la Reina-. ¿Sabes jugar al croquet?

Los soldados guardaron silencio, y volvieron la mirada hacia Alicia, porque era evidente que la pregunta iba dirigida a ella.

-¡Sí! -gritó Alicia.

-¡Pues andando! -vociferó la Reina.

Y Alicia se unió al cortejo, preguntándose con gran curiosidad qué iba a suceder a continuación.

-Hace… ¡hace un día espléndido! -murmuró a su lado una tímida vocecilla.

Alicia estaba andando al lado del Conejo Blanco, que la miraba con ansiedad.

-Mucho -dijo Alicia-. ¿Dónde está la Duquesa?

-¡Chitón! ¡Chit6n! -dijo el Conejo en voz baja y apremiante. Miraba ansiosamente a sus espaldas mientras hablaba, y después se puso de puntillas, acercó el hocico a la oreja de Alicia y susurró-: Ha sido condenada a muerte.

-¿Por qué motivo? -quiso saber Alicia.

-¿Has dicho «pobrecilla»? -preguntó el Conejo.

-No, no he dicho eso. No creo que sea ninguna «pobrecilla». He dicho: ¿Por qué motivo?»

-Le dio un sopapo a la Reina… -empezó a decir el Conejo, y a Alicia le dio un ataque de risa-. ¡Chitón! ¡Chitón! -suplicó el Conejo con una vocecilla aterrada-. ¡Va a oírte la Reina! Lo ocurrido fue que la Duquesa llegó bastante tarde, y la Reina dijo…

-¡Todos a sus sitios! -gritó la Reina con voz de trueno.

Y todos se pusieron a correr en todas direcciones, tropezando unos con otros. Sin embargo, unos minutos después ocupaban sus sitios, y empezó el partido. Alicia pensó que no había visto un campo de croquet tan raro como aquél en toda su vida. Estaba lleno de montículos y de surcos. As bolas eran erizos vivos, los mazos eran flamencos vivos, y los soldados tenían que doblarse y ponerse a cuatro patas para formar los aros.

La dificultad más grave con que Alicia se encontró al principio fue manejar a su flamenco. Logró dominar al pajarraco metiéndoselo debajo del brazo, con las patas colgando detrás, pero casi siempre, cuando había logrado enderezarle el largo cuello y estaba a punto de darle un buen golpe al erizo con la cabeza del flamenco, éste torcía el cuello y la miraba derechamente a los ojos con tanta extrañeza, que Alicia no podía contener la risa. Y cuando le había vuelto a bajar la cabeza y estaba dispuesta a empezar de nuevo, era muy irritante descubrir que el erizo se había desenroscado y se alejaba arrastrándose. Por si todo esto no bastara, siempre había un montículo o un surco en la dirección en que ella quería lanzar al erizo, y, como además los soldados doblados en forma de aro no paraban de incorporarse y largarse a otros puntos del campo, Alicia llegó pronto a la conclusión de que se trataba de una partida realmente difícil.

Los jugadores jugaban todos a la vez, sin esperar su turno, discutiendo sin cesar y disputándose los erizos. Y al poco rato la Reina había caído en un paroxismo de furor y andaba de un lado a otro dando patadas en el suelo y gritando a cada momento «¡Que le corten a éste la cabeza!» o «¡Que le corten a ésta la cabeza!»

Alicia empezó a sentirse incómoda: a decir verdad ella no había tenido todavía ninguna disputa con la Reina, pero sabía que podía suceder en cualquier instante. «Y entonces», pensaba, «¿qué será de mí? Aquí todo lo arreglan cortando cabezas. Lo extraño es que quede todavía alguien con vida!»

Estaba buscando pues alguna forma de escapar, Y preguntándose si podría irse de allí sin que la vieran, cuando advirtió una extraña aparición en el aire. Al principio quedó muy desconcertada, pero, después de observarla unos minutos, descubrió que se trataba de una sonrisa, y se dijo:

-Es el Gato de Cheshire. Ahora tendré alguien con quien poder hablar.

-¿Qué tal estás? -le dijo el Gato, en cuanto tuvo hocico suficiente para poder hablar.

Alicia esperó hasta que aparecieron los ojos, y entonces le saludó con un gesto. «De nada servirá que le hable», pensó, «hasta que tenga orejas, o al menos una de ellas». Un minuto después había aparecido toda la cabeza, Y entonces Alicia dejó en el suelo su flamenco y empezó a contar lo que, ocurría en el juego, muy contenta de tener a alguien que la escuchara. El Gato creía sin duda que su parte visible era ya suficiente, y no apareció nada más.

-Me parece que no juegan ni un poco limpio -empezó Alicia en tono quejumbroso-, y se pelean de un modo tan terrible que no hay quien se entienda, y no parece que haya reglas ningunas… Y, si las hay, nadie hace caso de ellas… Y no puedes imaginar qué lío es el que las cosas estén vivas. Por ejemplo, allí va el aro que me tocaba jugar ahora, ¡justo al otro lado del campo! ¡Y le hubiera dado ahora mismo al erizo de la Reina, pero se largó cuando vio que se acercaba el mío!

-¿Qué te parece la Reina? -dijo el Gato en voz baja.

-No me gusta nada -dijo Alicia. Es tan exagerada… -En este momento, Alicia advirtió que la Reina estaba justo detrás de ella, escuchando lo que decía, de modo que siguió-: … tan exageradamente dada a ganar, que no merece la pena terminar la partida.

La Reina sonrió y reanudó su camino.

-¿Con quién estás hablando? -preguntó el Rey, acercándose a Alicia y mirando la cabeza del Gato con gran curiosidad.

-Es un amigo mío… un Gato de Cheshire -dijo Alicia-. Permita que se lo presente.

-No me gusta ni pizca su aspecto -aseguró el Rey-. Sin embargo, puede besar mi mano si así lo desea.

-Prefiero no hacerlo -confesó el Gato.

-No seas impertinente -dijo el Rey-, ¡Y no me mires de esta manera!

Y se refugió detrás de Alicia mientras hablaba.

-Un gato puede mirar cara a cara a un rey -sentenció Alicia-. Lo he leído en un libro, pero no recuerdo cuál.

-Bueno, pues hay que eliminarlo -dijo el Rey con decisión, y llamó a la Reina, que precisamente pasaba por allí-. ¡Querida! ¡Me gustaría que eliminaras a este gato!

Para la Reina sólo existía un modo de resolver los problemas, fueran grandes o pequeños.

-¡Que le corten la cabeza! -ordenó, sin molestarse siquiera en echarles una ojeada.

-Yo mismo iré a buscar al verdugo -dijo el Rey apresuradamente.

Y se alejó corriendo de allí.

Alicia pensó que sería mejor que ella volviese al juego y averiguase cómo iba la partida, pues oyó a lo lejos la voz de la Reina, que aullaba de furor. Acababa de dictar sentencia de muerte contra tres de los jugadores, por no haber jugado cuando les tocaba su turno. Y a Alicia no le gustaba ni pizca el aspecto que estaba tomando todo aquello, porque la partida había llegado a tal punto de confusión que le era imposible saber cuándo le tocaba jugar y cuándo no. Así pues, se puso a buscar su erizo.

El erizo se había enzarzado en una pelea con otro erizo, y esto le pareció a Alicia una excelente ocasión para hacer una carambola: la única dificultad era que su flamenco se había largado al otro extremo del jardín, y Alicia podía verlo allí, aleteando torpemente en un intento de volar hasta las ramas de un árbol.

Cuando hubo recuperado a su flamenco y volvió con el, la pelea había terminado, y no se veía rastro de ninguno de los erizos. «Pero esto no tiene demasiada importancia», pensó Alicia, «ya que todos los aros se han marchado de esta parte del campo». Así pues, sujetó bien al flamenco debajo del brazo, para que no volviera a escaparse, y se fue a charlar un poco más con su amigo.

Cuando volvió junto al Gato de Cheshire, quedó sorprendida al ver que un gran grupo de gente se había congregado a su alrededor. El verdugo, el Rey y la Reina discutían acaloradamente, hablando los tres a la vez, mientras los demás guardaban silencio y parecían sentirse muy incómodos.

En cuanto Alicia entró en escena, los tres se dirigieron a ella para que decidiera la cuestión, y le dieron sus argumentos. Pero, como hablaban todos a la vez, se le hizo muy difícil entender exactamente lo que le decían.

La teoría del verdugo era que resultaba imposible cortar una cabeza si no había cuerpo del que cortarla; decía que nunca había tenido que hacer una cosa parecida en el pasado y que no iba a empezar a hacerla a estas alturas de su vida.

La teoría del Rey era que todo lo que tenía una cabeza podía ser decapitado, y que se dejara de decir tonterías.

La teoría de la Reina era que si no solucionaban el problema inmediatamente, haría cortar la cabeza a cuantos la rodeaban. (Era esta última amenaza la que hacía que todos tuvieran un aspecto grave y asustado.)

A Alicia sólo se le ocurrió decir:

-El Gato es de la Duquesa. Lo mejor será preguntarle a ella lo que debe hacerse con él.

-La Duquesa está en la cárcel -dijo la Reina al verdugo-. Ve a buscarla.

Y el verdugo partió como una flecha.

La cabeza del Gato empezó a desvanecerse a partir del momento en que el verdugo se fue, y, cuando éste volvió con la Duquesa, había desaparecido totalmente. Así pues, el Rey y el verdugo empezaron a corretear de un lado a otro en busca del Gato, mientras el resto del grupo volvía a la partida de croquet.

Capítulo 9

La historia de la Falsa Tortuga

¡No sabes lo contenta que estoy de volver a verte, querida mía! - dijo la Duquesa, mientras cogía a Alicia cariñosamente del brazo y se la llevaba a pasear con ella.

Alicia se alegró de encontrarla de tan buen humor, y pensó para sus adentros que quizá fuera sólo la pimienta lo que la tenía hecha una furia cuando se conocieron en la cocina. «Cuando yo sea Duquesa», se dijo (aunque no con demasiadas esperanzas de llegar a serlo), «no tendré ni una pizca de pimienta en mi cocina. La sopa está muy bien sin pimienta... A lo mejor es la pimienta lo que pone a la gente de mal humor», siguió pensando, muy contenta de haber hecho un nuevo descubrimiento, «y el vinagre lo que hace a las personas agrias... Y la manzanilla lo que las hace amargas... y... el regaliz y las golosinas lo que hace que los niños sean dulces. ¡Ojalá la gente lo supiera! Entonces no serían tan tacaños con los dulces... »

Entretanto, Alicia casi se había olvidado de la Duquesa, y tuvo un pequeño sobresalto cuando oyó su voz muy cerca de su oído.

-Estás pensando en algo, querida, y eso hace que te olvides de hablar. No puedo decirte en este instante la moraleja de esto, pero la recordaré en seguida.

-Quizá no tenga moraleja -se atrevió a observar Alicia.

-¡Calla, calla, criatura! -dijo la Duquesa-. Todo tiene una moraleja, sólo falta saber encontrarla.

Y se apretujó más estrechamente contra Alicia mientras hablaba. A Alicia no le gustaba mucho tenerla tan cerca: primero, porque la Duquesa era muy fea; y, segundo, porque tenía exactamente la estatura precisa para apoyar la barbilla en el hombro de Alicia, y era una barbilla puntiaguda de lo más desagradable. Sin embargo, como no le gustaba ser grosera, lo soportó lo mejor que pudo.

-La partida va ahora un poco mejor -dijo, en un intento de reanudar la conversación.

-Así es -afirmó la Duquesa-, y la moraleja de esto es... «Oh, el amor, el amor. El amor hace girar el mundo.»

-Cierta persona dijo -rezongó Alicia- que el mundo giraría mejor si cada uno se ocupara de sus propios asuntos.

-Bueno, bueno. En el fondo viene a ser lo mismo -dijo la Duquesa, y hundió un poco más la puntiaguda barbilla en el hombro de Alicia al añadir-: Y la moraleja de esto es...

«¡Qué manía en buscarle a todo una moraleja!», pensó Alicia.

-Me parece que estás sorprendida de que no te pase el brazo por la cintura -dijo la Duquesa tras unos instantes de silencio-. La razón es que tengo mis dudas sobre el carácter de tu flamenco. ¿Quieres que intente el experimento?

-A lo mejor le da un picotazo -replicó prudentemente Alicia, que no tenía las menores ganas de que se intentara el experimento.

-Es verdad -reconoció la Duquesa-. Los flamencos y la mostaza pican. Y la moraleja de esto es: «Pájaros de igual plumaje hacen buen maridaje».

-Sólo que la mostaza no es un pájaro -observó Alicia.

-Tienes toda la razón -dijo la Duquesa-. ¡Con qué claridad planteas las cuestiones!

-Es un mineral, creo -dijo Alicia.

-Claro que lo es -asintió la Duquesa, que parecía dispuesta a estar de acuerdo con todo lo que decía Alicia-. Hay una gran mina de mostaza cerca de aquí. Y la moraleja de esto es...

-¡Ah, ya me acuerdo! -exclamó Alicia, que no había prestado atención a este último comentario-. Es un vegetal. No tiene aspecto de serlo, pero lo es.

-Enteramente de acuerdo -dijo la Duquesa-, y la moraleja de esto es: «Sé lo que quieres parecer» o, si quieres que lo diga de un modo más simple: «Nunca imagines ser diferente de lo que a los demás pudieras parecer o hubieses parecido ser si les hubiera parecido que no fueses lo que eres».

-Me parece que esto lo entendería mejor -dijo Alicia amablemente si lo viera escrito, pero tal como usted lo dice no puedo seguir el hilo.

-¡Esto no es nada comparado con lo que yo podría decir si quisiera! -afirmó la Duquesa con orgullo.

-¡Por favor, no se moleste en decirlo de una manera más larga! -Imploró Alicia.

-¡Oh, no hables de molestias! -dijo la Duquesa-. Te regalo con gusto todas las cosas que he dicho hasta este momento.

«¡Vaya regalito!», pensó Alicia. «¡Menos mal que no existen regalos de cumpleaños de este tipo!» Pero no se atrevió a decirlo en voz alta.

-¿Otra vez pensativa? -preguntó la Duquesa, hundiendo un poco más la afilada barbilla en el hombro de Alicia.

-Tengo derecho a pensar, ¿no? -replicó Alicia con acritud, porque empezaba a estar harta de la Duquesa.

-Exactamente el mismo derecho dijo la Duquesa- que el que tienen los cerdos a volar, y la mora…

Pero en este punto, con gran sorpresa de Alicia, la voz de la Duquesa se perdió en un susurro, precisamente en medio de su palabra favorita, «moraleja», y el brazo con que tenía cogida a Alicia empezó a temblar. Alicia levantó los ojos, y vio que la Reina estaba delante de ellas, con los brazos cruzados y el ceño tempestuoso.

-¡Hermoso día, Majestad! -empezó a decir la Duquesa en voz baja y temblorosa.

-Ahora vamos a dejar las cosas bien claras rugió la Reina, dando una patada en el suelo mientras hablaba-: ¡O tú o tu cabeza tenéis que desaparecer del mapa! ¡Y en menos que canta un gallo! ¡Elige!

La Duquesa eligió, y desapareció a toda prisa.

-Y ahora volvamos al juego -le dijo la Reina a Alicia.

Alicia estaba demasiado asustada para decir esta boca es mía, pero siguió dócilmente a la Reina hacia el campo de croquet.

Los otros invitados habían aprovechado la ausencia de la Reina, y se habían tumbado a la sombra, pero, en cuanto la vieron, se apresuraron a volver al juego, mientras la Reina se limitaba a señalar que un segundo de retraso les costaría la vida.

Todo el tiempo que estuvieron jugando, la Reina no dejó de pelearse con los otros jugadores, ni dejó de gritar «¡Que le corten a éste la cabeza!» o «¡Que le corten a ésta la cabeza!» Aquellos a los que condenaba eran puestos bajo la vigilancia de soldados, que naturalmente tenían que dejar de hacer de aros, de modo que al cabo de una media hora no quedaba ni un solo aro, y todos los jugadores, excepto el Rey, la Reina y Alicia, estaban arrestados y bajo sentencia de muerte.

Entonces la Reina abandonó la partida, casi sin aliento, y le preguntó a Alicia:

-¿Has visto ya a la Falsa Tortuga?

-No -dijo Alicia-. Ni siquiera sé lo que es una Falsa Tortuga.

-¿Nunca has comido sopa de tortuga? -preguntó la Reina-. Pues hay otra sopa que parece de tortuga pero no es de auténtica tortuga. La Falsa Tortuga sirve para hacer esta sopa.

-Nunca he visto ninguna, ni he oído hablar de ella -dijo Alicia.

-¡Andando, pues! -ordenó la Reina-. Y la Falsa Tortuga te contará su historia.

Mientras se alejaban juntas, Alicia oyó que el Rey decía en voz baja a todo el grupo: «Quedáis todos perdonados.» «¡Vaya, eso sí que está bien!», se dijo Alicia, que se sentía muy inquieta por el gran número de ejecuciones que la Reina había ordenado.

Al poco rato llegaron junto a un Grifo, que yacía profundamente dormido al sol.

-¡Arriba, perezoso! -ordenó la Reina-. Y acompaña a esta señorita a ver a la Falsa Tortuga y a que oiga su historia. Yo tengo que volver para vigilar unas cuantas ejecuciones que he ordenado.

Y se alejó de allí, dejando a Alicia sola con el Grifo. A Alicia no le gustaba nada el aspecto de aquel bicho, pero pensó que, a fin de cuentas, quizás estuviera más segura si se quedaba con él que si volvía atrás con el basilisco de la Reina. Así pues, esperó.

El Grifo se incorporó y se frotó los ojos; después estuvo mirando a la Reina hasta que se perdió de vista; después soltó una carcajada burlona.

-¡Tiene gracia! -dijo el Grifo, medio para sí, medio dirigiéndose a Alicia.

-¿Qué es lo que tiene gracia? -preguntó Alicia.

-Ella -contestó el Grifo. Todo son fantasías suyas. Nunca ejecutan a nadie, sabes. ¡Vamos!

«Aquí todo el mundo da órdenes», pensó Alicia, mientras lo seguía con desgana.

«¡No había recibido tantas órdenes en toda mi vida! ¡Jamás!»

No habían andado mucho cuando vieron a la Falsa Tortuga a lo lejos, sentada triste y solitaria sobre una roca, y, al acercarse, Alicia pudo oír que suspiraba como si se le partiera el corazón. Le dio mucha pena.

-¿Qué desgracia le ha ocurrido? -preguntó al Grifo.

Y el Grifo contestó, casi con las mismas palabras de antes:

-Todo son fantasías suyas. No le ha ocurrido ninguna desgracia, sabes. ¡Vamos!

Así pues, llegaron junto a la Falsa Tortuga, que los miró con sus grandes ojos llenos de lágrimas, pero no dijo nada.

-Aquí esta señorita -explicó el Grifo- quiere conocer tu historia.

-Voy a contársela -dijo la Falsa Tortuga en voz grave y quejumbrosa-. Sentaos los dos, y no digáis ni una sola palabra hasta que yo haya terminado.

Se sentaron pues, y durante unos minutos nadie habló. Alicia se dijo para sus adentros: «No entiendo cómo va a poder terminar su historia, si no se decide a empezarla». Pero esperó pacientemente.

-Hubo un tiempo -dijo por fin la Falsa Tortuga, con un profundo suspiro- en que yo era una tortuga de verdad.

Estas palabras fueron seguidas por un silencio muy largo, roto sólo por uno que otro graznido del Grifo y por los constantes sollozos de la Falsa Tortuga. Alicia estaba a punto de levantarse y de decir: «Muchas gracias, señora, por su interesante historia», pero no podía dejar de pensar que tenía forzosamente que seguir algo más, conque siguió sentada y no dijo nada.

-Cuando éramos pequeñas -siguió por fin la Falsa Tortuga, un poco más tranquila, pero sin poder todavía contener algún sollozo-, íbamos a la escuela del mar. El maestro era una vieja tortuga a la que llamábamos Galápago.

-¿Por qué lo llamaban Galápago, si no era un galápago? -preguntó Alicia.

-Lo llamábamos Galápago porque siempre estaba diciendo que tenía a «gala» enseñar en una escuela de «pago» -explicó la Falsa Tortuga de mal humor-. ¡Realmente eres una niña bastante tonta!

-Tendrías que avergonzarte de ti misma por preguntar cosas tan evidentes -añadió el Grifo.

Y el Grifo y la Falsa Tortuga permanecieron sentados en silencio, mirando a la pobre Alicia, que hubiera querido que se la tragara la tierra. Por fin el Grifo le dijo a la Falsa Tortuga:

-Sigue con tu historia, querida. ¡No vamos a pasarnos el día en esto!

Y la Falsa Tortuga siguió con estas palabras:

-Sí, íbamos a la escuela del mar, aunque tú no lo creas…

-¡Yo nunca dije que no lo creyera! -la interrumpió Alicia.

-Sí lo hiciste -dijo la Falsa Tortuga. -¡Cállate esa boca! -añadió el Grifo, antes de que Alicia pudiera volver a hablar.

La Falsa Tortuga siguió:

-Recibíamos una educación perfecta… En realidad, íbamos a la escuela todos los días…

-También yo voy a la escuela todos los días -dijo Alicia-. No hay motivo para presumir tanto.

-¿Una escuela con clases especiales? -preguntó la Falsa Tortuga con cierta ansiedad.

-Sí -contestó Alicia. Tenemos clases especiales de francés y de música.

-¿Y lavado? -preguntó la Falsa Tortuga.

-¡Claro que no! -protestó Alicia indignada.

-¡Ah! En tal caso no vas en realidad a una buena escuela -dijo la Falsa Tortuga en tono de alivio-. En nuestra escuela había clases especiales de francés, música y lavado.

-No han debido servirle de gran cosa -observó Alicia-, viviendo en el fondo del mar.

-Yo no tuve ocasión de aprender -dijo la Falsa Tortuga con un suspiro-. Sólo asistí a las clases normales.

-¿Y cuales eran esos? -preguntó Alicia interesada.

-Nos enseñaban a beber y a escupir, naturalmente. Y luego, las diversas materias de la aritmética: a saber, fumar, reptar, deificar y sobre todo la dimisión.

-Jamás oí hablar de deificar -respondió Alicia.

El Grifo se alzó sobre dos patas, muy asombrado:

-¡Cómo! ¿Nunca aprendiste a deificar? Por lo menos sabrás lo que significa "embellecer".

-Pues… eso sí, quiere decir hacer algo más bello de lo que es.

-Pues -respondió el Grifo triunfalmente-, si no sabes ahora lo que quiere decir deificar es que estás completamente tonta.

Con lo cual cerró la boca a Alicia, la que ya no se atrevió a seguir preguntando lo que significaban las cosas. Dijo a la Falsa Tortuga:

-¿Qué otras cosas aprendías allí?

-Pues aprendía Histeria, histeria antigua y moderna. También Mareografía, y dibujo. El profesor era un congrio que venía a darnos clase una vez por semana y que nos enseñó eso, más otras cosas, como la tintura al bóleo.

-¿Y eso qué es? -preguntó Alicia.

-No puedo hacerte una demostración, ya que ahora estoy muy baja de forma -respondió la Falsa Tortuga. Y el Grifo, como él mismo podrá decirte, nunca aprendió a tintar al bóleo.

-Nunca tuve tiempo suficiente -se excusó el Grifo. -Pero sí que iba a las clases de Letras. Y teníamos un maestro que era un gran maestro, un viejo cangrejo.

-Nunca fui a sus clases -dijo la Falsa Tortuga lloriqueando-, dicen que enseñaba patín y riego.

-Sí, sí que lo hacía -respondió el Grifo. Y las dos se taparon la cabeza con las patas, muy soliviantadas.

-¿Cuantas horas al día duraban esas lecciones? -preguntó Alicia interesada, aunque no lograba entender mucho qué eran aquellas asignaturas tan raras, o si es que no sabían pronunciar. Tintura al bóleo debería ser pintura al óleo, y patín y riego serían latín y griego, pero lo que es las otras, se le escapaban.

-Teníamos diez horas al día el primer día. Luego, el segundo día, nueve y así sucesivamente.

-Pues me resulta un horario muy extraño -observó la niña.

-Por eso se llamaban cursos, no entiendes nada. Se llamaban cursos porque se acortaban de día en día.

Eso resultaba nuevo para Alicia y antes de hacer una nueva pregunta le dio unas cuantas vueltas al asunto.

Por fin preguntó:

-Entonces, el día once, sería fiesta, claro.

-Naturalmente que sí -respondió la Falsa Tortuga.

-¿Y el doceavo?

-Basta de cursos ya -ordenó el Grifo autoritariamente. —Cuéntale ahora algo sobre los juegos.

Capítulo

El baile de la Langosta

La Falsa Tortuga suspiró profundamente y se enjugó una lágrima con la aleta.

Antes de hablar, miró a Alicia durante bastante tiempo, mientras los sollozos casi la ahogaban.

-Se te ha atragantado un hueso, parece -dijo el Grifo poco respetuoso. Y se puso a darle golpes en la concha por la parte de la espalda.

Por fin la Tortuga recobró la voz y reanudó su narración, solo que las lágrimas resbalaban por su vieja cara arrugada.

-Tú acaso no hayas vivido mucho tiempo en el fondo del mar...

-Desde luego que no», dijo Alicia.

-Y quizá no hayas entrado nunca en contacto con una langosta.

Alicia empezó a decir: «Una vez comí... », pero se interrumpió a toda prisa por si alguien se sentía ofendido.

-No, nunca -respondió.

Pues entonces, ¡no puedes tener ni idea de lo agradable que resulta el Baile de la Langosta!

-No reconoció Alicia-. ¿Qué clase de baile es éste?

-Verás -dijo el Grifo-, primero se forma una línea a lo largo de la playa...

-¡Dos líneas! -gritó la Falsa Tortuga-. Focas, tortugas y demás. Entonces, cuando se han quitado todas las medusas de en medio...

-Cosa que por lo general lleva bastante tiempo -interrumpió el Grifo.

-... se dan dos pasos al frente...

-¡Cada uno con una langosta de pareja! -gritó el Grifo.

-Por supuesto -dijo la Falsa Tortuga-. Se dan dos pasos al frente, se forman parejas…

-… se cambia de langosta, y se retrocede en el mismo orden –siguió el Grifo.

-Entonces -siguió la Falsa Tortuga- se lanzan las…

-¡Las langostas! -exclamó el Grifo con entusiasmo, dando un salto en el aire.

-… lo más lejos que se pueda en el mar…

-¡Y a nadar tras ellas! -chilló el Grifo.

-¡Se da un salto mortal en el mar! -gritó la Falsa Tortuga, dando palmadas de entusiasmo.

-¡Se cambia otra vez de langosta! -aulló el Grifo.

-Se vuelve a la playa, y… aquí termina la primera figura -dijo la ¡Falsa Tortuga, mientras bajaba repentinamente la voz.

Y las dos criaturas, que habían estado dando saltos y haciendo cabriolas durante toda la explicación, se volvieron a sentar muy tristes y tranquilas, y miraron a Alicia.

-Debe de ser un baile precioso -dijo Alicia con timidez.

-¿Te gustaría ver un poquito cómo se baila? -propuso la Falsa Tortuga.

-Claro, me gustaría muchísimo -dijo Alicia.

-¡Ea, vamos a intentar la primera figura! -le dijo la Falsa Tortuga al Grifo-. Podemos hacerlo sin langostas, sabes. ¿Quién va a cantar?

-Cantarás tú -dijo el Grifo-. Yo he olvidado la letra.

Empezaron pues a bailar solemnemente alrededor de Alicia, dándole un pisotón cada vez que se acercaban demasiado y llevando el compás con las patas delanteras, mientras la Falsa Tortuga entonaba lentamente y con melancolía:

"¿Porqué no te mueves más aprisa? le pregunto una pescadilla a un caracol. Porque tengo tras mí un delfín pisoteándome el talón. ¡Mira lo contentas que se ponen las langostas y tortugas al andar! Nos esperan en la playa -¡Venga! ¡Baila y déjate llevar!

¡Venga, baila, venga, baila, venga, baila y déjate llevar! ¡Baila, venga, baila, venga, baila, venga y déjate llevar!" "¡No te puedes imaginar qué agradable es el baile cuando nos arrojan con las langostas hacia el mar!

Pero el caracol respondía siempre: "¡Demasiado lejos, demasiado lejos!"

y ni siquiera se preocupaba de mirar.

"No quería bailar, no quería bailar, no quería bailar… "

-Muchas gracias. Es un baile muy interesante -dijo Alicia, cuando vio con alivio que el baile había terminado-. ¡Y me ha gustado mucho esta canción de la pescadilla!

-Oh, respecto a la pescadilla… -dijo la Falsa Tortuga-. Las pescadillas son… Bueno, supongo que tú ya habrás visto alguna.

-Sí -respondió Alicia-, las he visto a menudo en la cen…

Pero se contuvo a tiempo y guardó silencio.

-No sé qué es eso de cen -dijo la Falsa Tortuga-, pero, si las has visto tan a menudo, sabrás naturalmente cómo son.

-Creo que sí -respondió Alicia pensativa. Llevan la cola dentro de la boca y van cubiertas de pan rallado.

-Te equivocas en lo del pan -dijo la Falsa Tortuga-. En el mar el pan rallado desaparecería en seguida. Pero es verdad que llevan la cola dentro de la boca, y la razón es… -Al llegar a este punto la Falsa Tortuga bostezó y cerró los ojos-. Cuéntale tú la razón de todo esto -añadió, dirigiéndose al Grifo.

-La razón es -dijo el Grifo- que las pescadillas quieren participar con las langostas en el baile. Y por lo tanto las arrojan al mar. Y por lo tanto tienen que ir a caer lo más lejos posible. Y por lo tanto se cogen bien las colas con la boca. Y por lo tanto no pueden después volver a sacarlas. Eso es todo.

-Gracias -dijo Alicia-. Es muy interesante. Nunca había sabido tantas cosas sobre las pescadillas.

-Pues aún puedo contarte más cosas sobre ellas- dijo el Grifo.- ¿A que no sabes por qué las pescadillas son blancas?

-No, y jamás me lo he preguntado, la verdad ¿Por qué son blancas?

-Pues porque sirven para darle brillo a los zapatos y las botas, por eso, por lo blancas que son- respondió el Grifo muy satisfecho.

Alicia permaneció asombrada, con la boca abierta.

-Para sacar brillo- repetía estupefacta-. No me lo explico.

-Pero, claro. ¿A ver? ¿Cómo se limpian los zapatos? Vamos, ¿cómo se les saca brillo?

Alicia se miró los pies, pensativa, y vaciló antes de dar una explicación lógica.

-Con betún negro, creo.

-Pues bajo el mar, a los zapatos se les da blanco de pescadilla- respondió el Grifo sentenciosamente.- Ahora ya lo sabes.

-¿Y de que están hechos?

-De mero y otros peces, vamos hombre, si cualquier gamba sabría responder a esa pregunta- respondió el Grifo con impaciencia.

-Si yo hubiera sido una pescadilla, le hubiera dicho al delfín: "Haga el favor de marcharse, porque no deseamos estar con usted".- dijo Alicia pensando en una estrofa de la canción.

-No- respondió la Falsa Tortuga.- No tenían más remedio que estar con él, ya que no hay ningún pez que se respete que no quiera ir acompañado de un delfín.

-¿Eso es así? -preguntó Alicia muy sorprendida.

-¡Claro que no!- replicó la Falsa Tortuga.- Si a mí se me acercase un pez y me dijera que marchaba de viaje, le preguntaría primeramente: "¿Y con qué delfín vas?

Alicia se quedó pensativa. Luego aventuró:

-No sería en realidad lo que le dijera ¿con que fin?

-¡Digo lo que digo!- aseguró la Tortuga ofendida.

-Y ahora -dijo el Grifo, dirigiéndose a Alicia-, cuéntanos tú alguna de tus aventuras.

-Puedo contaros mis aventuras… a partir de esta mañana -dijo Alicia con cierta timidez-. Pero no serviría de nada retroceder hasta ayer, porque ayer yo era otra persona.

-¡Es un galimatías! Explica todo esto -dijo la Falsa Tortuga.

-¡No, no! Las aventuras primero -exclamó el Grifo con impaciencia-, las explicaciones ocupan demasiado tiempo.

Así pues, Alicia empezó a contar sus aventuras a partir del momento en que vio por primera vez al Conejo Blanco. Al principio estaba un poco nerviosa, porque las dos criaturas se pegaron a ella, una a cada lado, con ojos y bocas abiertas como naranjas, pero fue cobrando valor a medida que avanzaba en su relato. Sus oyentes guardaron un silencio completo hasta que llegó el momento en que le había recitado a la Oruga el poema aquél de "Has envejecido, Padre Guillermo... " que en realidad le había salido muy distinto de lo que era. Al llegar a este punto, la Falsa Tortuga dio un profundo suspiro y dijo:

-Todo eso me parece muy curioso.

-No puede ser más curioso- remachó el Grifo.

-Te salió tan diferente... -repitió la Tortuga-, que me gustaría que nos recitases algo ahora.

Se volvió al Grifo.

-Dile que empiece.

El Grifo indicó:

-Ponte en pie y recita eso de "Es la voz del perezoso... "

-Pero, ¡cuántas órdenes me dan estas criaturas! -dijo Alicia en voz baja-. Parece como si me estuvieran haciendo repetir las lecciones. Para esto lo mismo me daría estar en la escuela.

Pero se puso en pie y comenzó obedientemente a recitar el poema. Mientras tanto, no dejaba de darle vueltas en su cabeza a la danza de las langostas y en realidad apenas sabía lo que estaba diciendo. Y así le resultó lo que recitaba:

La voz de la Langosta he oído declarar: Me han tostado demasiado y ahora tendré que ponerme azúcar.

Lo mismo que el pato hace con los párpados hace la langosta con su nariz: ajustarse el cinturón y abotonarse mientras tuerce los tobillos.

El Grifo dijo:

-No lo oía así yo cuando era niño. Resulta distinto.

-Puede ser, aunque lo cierto es que yo jamás he oído ese poema dijo la Falsa Tortuga-, pero el caso es que me suena a disparates.

Alicia no contestó. Se cubrió la cara con las manos, tras de sentarse de nuevo y se preguntó si sería posible que nada pudiera suceder allí de una manera natural.

-Veamos, me gustaría escuchar una explicación lógica- dijo la Falsa Tortuga.

-No sabe explicarlo- intervino el Grifo.- Pero, bueno, prosigue con la siguiente estrofa.

-Pero- insistió la Tortuga-, ¿qué hay de los tobillos? ¿Cómo podía torcérselos con la nariz?

-Se trata de la primera posición de todo el baile- aclaró Alicia, que, sin embargo, no comprendía nada de lo que estaba sucediendo, y deseaba cambiar el tema de la conversación.

-¡Prosigue con la siguiente estrofa!- reclamó el Grifo.- Si no me equivoco es la que comienza diciendo: "Pasé por su jardín… ".

Alicia obedeció, aunque estaba segura de que todo iba a seguir saliendo tergiversado. Con voz temblorosa dijo:

Pasé por su jardín

Y con un solo ojo Pude observar muy bien Cómo el búho y la pantera Estaban repartiéndose un pastel.

La pantera se llevó la pasta,

La carne y el relleno, Mientras que al búho le tocaba Sólo la fuente que contenía el pastel. Cuando terminaron de comérselo, El búho como regalo, Se llevó en el bolsillo la cucharilla, En tanto la pantera, con el cuchillo y el tenedor, Terminaba el singular banquete.

-Lo que digo yo- dijo la Tortuga, -es ¿de qué nos sirve tanto recitar y recitar? ¿Si no explicas el significado de los que estás diciendo? -¡Bueno! ¡Esto es lo más confuso que he oído en mi vida!

-Desde luego -asintió el Grifo-. Creo que lo mejor será que lo dejes.

-Y Alicia se alegró muchísimo.

-¿Intentamos otra figura del Baile de La Langosta? -siguió el Grifo-. ¿O te gustaría que la Falsa Tortuga te cantara otra canción?

-¡Otra canción, por favor, si la Falsa Tortuga fuese tan amable! -Exclamó Alicia, con tantas prisas que el Grifo se sintió ofendido.

-¡Vaya! -murmuró en tono dolido-. ¡Sobre gustos no hay nada escrito! ¿Quieres cantarle Sopa de Tortuga, amiga mía?

La Falsa Tortuga dio un profundo suspiro y empezó a cantar con voz ahogada por los sollozos:

Hermosa sopa, en la sopera, Tan verde y rica, nos espera. Es exquisita, es deliciosa. ¡Sopa de noche, hermosa sopa!

¡Hermoooo-sa soooo-pa!

¡Hermooo~-sa soooo-pa!

¡Soooo-pa de la noooo-che! ¡Hermosa, hermosa sopa!

-¡Canta la segunda estrofa! -exclamó el Grifo.

Y la Falsa Tortuga acababa de empezarla, cuando se oyó a lo lejos un grito de «¡Se abre el juicio!»

-¡Vamos! -gritó el Grifo.

Y, cogiendo a Alicia de la mano, echó a correr, sin esperar el final de la canción.

-¿Qué juicio es éste? -jadeó Alicia mientras corrían.

Pero el Grifo se limitó a contestar: «¡Vamos!», y se puso a correr aún más aprisa, mientras, cada vez más débiles, arrastradas por la brisa que les seguía, les llegaban las melancólicas palabras:

¡Soooo-pa de la noooo-che! ¡Hermosa, hermosa sopa!

11

Capítulo

¿Quién robó las tartas?

Cuando llegaron, el Rey y la Reina de Corazones estaban sentados en sus tronos, y había una gran multitud congregada a su alrededor: toda clase de pajarillos y animalitos, así como la baraja de cartas completa. El Valet estaba de pie ante ellos, encadenado, con un soldado a cada lado para vigilarlo. Y cerca del Rey estaba el Conejo Blanco, con una trompeta en una mano y un rollo de pergamino en la otra. Justo en el centro de la sala había una mesa y encima de ella una gran bandeja de tartas: tenían tan buen aspecto que a Alicia se le hizo la boca agua al verlas. « ¡Ojalá el juicio termine pronto», pensó, «y repartan la merienda!» Pero no parecía haber muchas posibilidades de que así fuera, y Alicia se puso a mirar lo que ocurría a su alrededor, para matar el tiempo.

No había estado nunca en una corte de justicia, pero había leído cosas sobre ellas en los libros, y se sintió muy satisfecha al ver que sabía el nombre de casi todo lo que allí había.

-Aquél es el juez -se dijo a sí misma-, porque lleva esa gran peluca.

El Juez, por cierto, era el Rey; y como llevaba la corona encima de la peluca, no parecía sentirse muy cómodo, y desde luego no tenía buen aspecto.

-Y aquello es el estrado del jurado -pensó Alicia-, y esas doce criaturas (se vio obligada a decir «criaturas», sabéis, porque algunos eran animales de pelo y otros eran pájaros) supongo que son los miembros del jurado. Repitió esta última palabra dos o tres veces para sí, sintiéndose orgullosa de ella: Alicia pensaba, y con razón, que muy pocas niñas de su edad podían saber su significado.

Los doce jurados estaban escribiendo afanosamente en unas pizarras.

-¿Qué están haciendo? -le susurró Alicia al Grifo-. No pueden tener nada que anotar ahora, antes de que el juicio haya empezado.

-Están anotando sus nombres -susurró el Grifo como respuesta-, no vaya a ser que se les olviden antes de que termine el juicio.

-¡Bichejos estúpidos! -empezó a decir Alicia en voz alta e indignada.

Pero se detuvo rápidamente al oír que el Conejo Blanco gritaba: «¡Silencio en la sala!», y al ver que el Rey se calaba los anteojos y miraba severamente a su alrededor para descubrir quién era el que había hablado.

Alicia pudo ver, tan bien como si estuviera mirando por encima de sus hombros, que todos los miembros del jurado estaban escribiendo «¡bichejos estúpidos!» en sus pizarras, e incluso pudo darse cuenta de que uno de ellos no sabía cómo se escribía «bichejo» y tuvo que preguntarlo a su vecino. «¡Menudo lio habrán armado en sus pizarras antes de que el juicio termine!», pensó Alicia.

Uno de los miembros del jurado tenía una tiza que chirriaba. Naturalmente esto era algo que Alicia no podía soportar, así pues dio la vuelta a la sala, se colocó a sus espaldas, y encontró muy pronto oportunidad de arrebatarle la tiza. Lo hizo con tanta habilidad que el pobrecillo jurado (era Bill, la Lagartija) no se dio cuenta en absoluto de lo que había sucedido con su tiza; y así, después de buscarla por todas partes, se vio obligado a escribir con un dedo el resto de la jornada; y esto no servía de gran cosa, pues no dejaba marca alguna en la pizarra.

-¡Heraldo, lee la acusación! -dijo el Rey.

Y entonces el Conejo Blanco dio tres toques de trompeta, y desenrolló el pergamino, y leyó lo que sigue:

La Reina cocinó varias tartas Un día de verano azul, El Valet se apoderó de esas tartas Y se las llevó a Estambul.

-¡Considerad vuestro veredicto! -dijo el Rey al jurado.

-¡Todavía no! ¡Todavía no! le interrumpió apresuradamente el Conejo-. ¡Hay muchas otras cosas antes de esto!

-Llama al primer testigo -dijo el Rey.

Y el Conejo dio tres toques de trompeta y gritó:

-¡Primer testigo!

El primer testigo era el Sombrerero. Compareció con una taza de té en una mano y un pedazo de pan con mantequilla en la otra.

-Os ruego me perdonéis, Majestad -empezó-, por traer aquí estas cosas, pero no había terminado de tomar el té, cuando fui convocado a este juicio.

-Debías haber terminado -dijo el Rey-. ¿Cuándo empezaste?

El Sombrerero miró a la Liebre de Marzo, que, del brazo del Lirón, lo había seguido hasta allí.

-Me parece que fue el catorce de marzo.

-El quince -dijo la Liebre de Marzo.

-El dieciséis -dijo el Lirón.

-Anotad todo esto -ordenó el Rey al jurado.

Y los miembros del jurado se apresuraron a escribir las tres fechas en sus pizarras, y después sumaron las tres cifras y redujeron el resultado a chelines y peniques.

-Quítate tu sombrero -ordenó el Rey al Sombrerero.

-No es mío, Majestad -dijo el Sombrero.

-¡Sombrero robado! -exclamó el Rey, volviéndose hacia los miembros del jurado, que inmediatamente tomaron nota del hecho.

-Los tengo para vender -añadió el Sombrerero como explicación-. Ninguno es mío. Soy sombrerero.

Al llegar a este punto, la Reina se caló los anteojos y empezó a examinar severamente al Sombrerero, que se puso pálido y se echó a temblar.

-Di lo que tengas que declarar -exigió el Rey-, y no te pongas nervioso, o te hago ejecutar en el acto.

Esto no pareció animar al testigo en absoluto: se apoyaba ora sobre un pie ora sobre el otro, miraba inquieto a la Reina, y era tal su confusión que dio un tremendo mordisco a la taza de té creyendo que se trataba del pan con mantequilla.

En este preciso momento Alicia experimentó una sensación muy extraña, que la desconcertó terriblemente hasta que comprendió lo que era: había vuelto a empezar a crecer. Al principio pensó que debía levantarse y abandonar la sala, pero lo pensó mejor y decidió quedarse donde estaba mientras su tamaño se lo permitiera.

-Haz el favor de no empujar tanto -dijo el Lirón, que estaba sentado a su lado-. Apenas puedo respirar.

-No puedo evitarlo -contestó humildemente Alicia-. Estoy creciendo.

-No tienes ningún derecho a crecer aquí -dijo el Lirón.

-No digas tonterías -replicó Alicia con más brío-. De sobra sabes que también tú creces.

-Sí, pero yo crezco a un ritmo razonable -dijo el Lirón-, y no de esta manera grotesca.

Se levantó con aire digno y fue a situarse al otro extremo de la sala.

Durante todo este tiempo, la Reina no le había quitado los ojos de encima al Sombrerero, y, justo en el momento en que el Lirón cruzaba la sala, ordenó a uno de los ujieres de la corte:

-¡Tráeme la lista de los cantantes del último concierto!

Lo que produjo en el Sombrerero tal ataque de temblor que las botas se le salieron de los pies.

-Di lo que tengas que declarar -repitió el Rey muy enfadado-, o te hago ejecutar ahora mismo, estés nervioso o no lo estés.

-Soy un pobre hombre, Majestad -empezó a decir el Sombrerero en voz temblorosa-... y no había empezado aún a tomar el té... no debe hacer siquiera una semana... y las rebanadas de pan con mantequilla se hacían cada vez más delgadas... y el titileo del té...

-¿El titileo de qué? -preguntó el Rey.

-El titileo empezó con el té -contestó el Sombrerero.

-¡Querrás decir que titileo empieza con la T! -replicó el Rey con aspereza-. ¿Crees que no sé ortografía? ¡Sigue!

-Soy un pobre hombre -siguió el Sombrerero-... y otras cosas empezaron a titilar después de aquello... pero la Liebre de Marzo dijo...

-¡Yo no dije eso! -se apresuró a interrumpirle la Liebre de Marzo.

-¡Lo dijiste! -gritó el Sombrerero.

-¡Lo niego! -dijo la Liebre de Marzo.

-Ella lo niega -dijo el Rey-. Tachad esta parte.

-Bueno, en cualquier caso, el Lirón dijo... -siguió el Sombrerero, y miró ansioso a su alrededor, para ver si el Lirón también lo negaba, pero el Lirón no negó nada, porque estaba profundamente dormido-. Después de esto -continuó el Sombrerero-, cogí un poco más de pan con mantequilla…

-¿Pero qué fue lo que dijo el Lirón? -preguntó uno de los miembros del jurado.

-De esto no puedo acordarme -dijo el Sombrerero.

-Tienes que acordarte -subrayó el Rey-, o haré que te ejecuten.

El desgraciado Sombrerero dejó caer la taza de té y el pan con mantequilla, y cayó de rodillas.

-Soy un pobre hombre, Majestad -empezó.

-Lo que eres es un pobre orador -dijo sarcástico el Rey

Al llegar a este punto uno de los conejillos de indias empezó a aplaudir, y fue inmediatamente reprimido por los ujieres de la corte. (Como eso de «reprimir» puede resultar difícil de entender, voy a explicar con exactitud lo que pasó. Los ujieres tenían un gran saco de lona, cuya boca se cerraba con una cuerda: dentro de este saco metieron al conejillo de indias, la cabeza por delante, y después se sentaron encima.)

-Me alegro muchísimo de haber visto esto -se dijo Alicia-. Estoy harta de leer en los periódicos que, al final de un juicio, «estalló una salva de aplausos, que fue inmediatamente reprimida por los ujieres de la sala», y nunca comprendí hasta ahora lo que querían decir.

-Si esto es todo lo que sabes del caso, ya puedes bajar del estrado - siguió diciendo el Rey.

-No puedo bajar más abajo -dijo el Sombrerero-, porque ya estoy en el mismísimo suelo.

-Entonces puedes sentarte -replicó el Rey.

Al llegar a este punto el otro conejillo de indias empezó a aplaudir, y fue también reprimido.

-¡Vaya, con eso acaban los conejillos de indias! -se dijo Alicia-. Me parece que todo irá mejor sin ellos.

-Preferiría terminar de tomar el té -dijo el Sombrerero, lanzando una mirada inquieta hacia la Reina, que estaba leyendo la lista de cantantes.

-Puedes irte -dijo el Rey. Y el Sombrerero salió volando de la sala, sin esperar siquiera el tiempo suficiente para ponerse los zapatos.

-Y al salir que le corten la cabeza -añadió la Reina, dirigiéndose a uno de los ujieres.

Pero el Sombrerero se había perdido de vista, antes de que el ujier pudiera llegar a la puerta de la sala.

-¡Llama al siguiente testigo! -dijo el Rey.

El siguiente testigo era la cocinera de la Duquesa. Llevaba el pote de pimienta en la mano, y Alicia supo que era ella, incluso antes de que entrara en la sala, por el modo en que la gente que estaba cerca de la puerta empezó a estornudar.

-Di lo que tengas que declarar -ordenó el Rey.

-De eso nada -dijo la cocinera.

El Rey miró con ansiedad al Conejo Blanco, y el Conejo Blanco dijo en voz baja:

-Su Majestad debe examinar detenidamente a este testigo.

-Bueno, si debo hacerlo, lo haré -dijo el Rey con resignación, y, tras cruzarse de brazos y mirar de hito en hito a la cocinera con aire amenazador, preguntó en voz profunda-: ¿De qué se hacen las tartas?

-Sobre todo de pimienta -respondió la cocinera.

-Melaza -dijo a sus espaldas una voz soñolienta.

-Prended a ese Lirón -chilló la Reina-. ¡Decapitad a ese Lirón! ¡Arrojad a ese Lirón de la sala! ¡Reprimidle! ¡Pellizcadle! ¡Dejadle sin bigotes!

Durante unos minutos reinó gran confusión en la sala, para arrojar de ella al Lirón, y, cuando todos volvieron a ocupar sus puestos, la cocinera había desaparecido.

-¡No importa! -dijo el Rey, con aire de alivio-. Llama al siguiente testigo. -Y añadió a media voz dirigiéndose a la Reina-: Realmente, cariño, debieras interrogar tú al próximo testigo. ¡Estas cosas me dan dolor de cabeza!

Alicia observó al Conejo Blanco, que examinaba la lista, y se preguntó con curiosidad quién sería el próximo testigo. «Porque hasta ahora poco ha sido lo que han sacado en limpio», se dijo para sí. Imaginad su sorpresa cuando el Conejo Blanco, elevando al máximo volumen su vocecilla, leyó el nombre de:

-¡Alicia!

12

Capítulo

La declaración de Alicia

¡Estoy aquí! -gritó Alicia.

Y olvidando, en la emoción del momento, lo mucho que había crecido en los últimos minutos, se puso en pie con tal precipitación que golpeó con el borde de su falda el estrado de los jurados, y todos los miembros del jurado cayeron de cabeza encima de la gente que había debajo, y quedaron allí pataleando y agitándose, y esto le recordó a Alicia intensamente la pecera de peces de colores que ella había volcado sin querer la semana pasada.

-¡Oh, les ruego me perdonen! -exclamó Alicia en tono consternado.

Y empezó a levantarlos a toda prisa, pues no podía apartar de su mente el accidente de la pecera, y tenía la vaga sensación de que era preciso recogerlas cuanto antes y devolverlos al estrado, o de lo contrario morirían.

-El juicio no puede seguir -dijo el Rey con voz muy grave- hasta que todos los miembros del jurado hayan ocupado debidamente sus puestos... todos los miembros del jurado -repitió con mucho énfasis, mirando severamente a Alicia mientras decía estas palabras.

Alicia miró hacia el estrado del jurado, y vio que, con las prisas, había colocado a la Lagartija cabeza abajo, y el pobre animalito, incapaz de incorporarse, no podía hacer otra cosa que agitar melancólicamente la cola. Alicia lo cogió inmediatamente y lo colocó en la postura adecuada.

«Aunque no creo que sirva de gran cosa», se dijo para sí. «Me parece que el juicio no va a cambiar en nada por el hecho de que este animalito esté de pies o de cabeza.»

Tan pronto como el jurado se hubo recobrado un poco del shock que había sufrido, y hubo encontrado y enarbolado de nuevo sus tizas y pizarras, se pusieron todos a escribir con gran diligencia para consignar la historia del accidente. Todos menos la Lagartija, que parecía haber quedado demasiado impresionada para hacer otra cosa que estar sentada allí, con la boca abierta, los ojos fijos en el techo de la sala.

-¿Qué sabes tú de este asunto? -le dijo el Rey a Alicia.

-Nada -dijo Alicia.

-¿Nada de nada? -insistió el Rey.

-Nada de nada -dijo Alicia.

-Esto es algo realmente trascendente -dijo el Rey, dirigiéndose al jurado.

Y los miembros del jurado estaban empezando a anotar esto en sus pizarras, cuando intervino a toda prisa el Conejo Blanco: -Naturalmente, Su Majestad ha querido decir intrascendente —dijo en tono muy respetuoso, pero frunciendo el ceño y haciéndole signos de inteligencia al Rey mientras hablaba.

Intrascendente es lo que he querido decir, naturalmente -se apresuró a decir el Rey.

Y empezó a mascullar para sí: «Trascendente… intrascendente… trascendente… intrascendente… », como si estuviera intentando decidir qué palabra sonaba mejor.

Parte del jurado escribió «trascendente», y otra parte escribió «intrascendente». Alicia pudo verlo, pues estaba lo suficiente cerca de los miembros del jurado para leer sus pizarras. «Pero esto no tiene la menor importancia», se dijo para sí.

En este momento el Rey, que había estado muy ocupado escribiendo algo en su libreta de notas, gritó: « ¡Silencio!», y leyó en su libreta:

-Artículo Cuarenta y Dos. Toda persona que mida más de un kilómetro tendrá que abandonar la sala.

Todos miraron a Alicia.

-Yo no mido un kilómetro -protestó Alicia.

-Sí lo mides -dijo el Rey.

-Mides casi dos kilómetros añadió la Reina.

-Bueno, pues no pienso moverme de aquí, de todos modos -aseguró Alicia-. Y además este artículo no vale: usted lo acaba de inventar.

-Es el artículo más viejo de todo el libro -dijo el Rey.

-En tal caso, debería llevar el Número Uno -dijo Alicia.

El Rey palideció, y cerró a toda prisa su libro de notas.

-¡Considerad vuestro veredicto! -ordenó al jurado, en voz débil y temblorosa.

-Faltan todavía muchas pruebas, con la venia de Su Majestad —dijo el Conejo Blanco, poniéndose apresuradamente de pie-. Acaba de encontrarse este papel.

-¿Qué dice este papel? -preguntó la Reina.

-Todavía no lo he abierto -contestó el Conejo Blanco-, pero parece ser una carta, escrita por el prisionero a… a alguien.

-Así debe ser -asintió el Rey-, porque de lo contrario hubiera sido escrita a nadie, lo cual es poco frecuente.

-¿A quién va dirigida? -preguntó uno de los miembros del jurado.

-No va dirigida a nadie -dijo el Conejo Blanco-. No lleva nada escrito en la parte exterior. -Desdobló el papel, mientras hablaba, y añadió-: Bueno, en realidad no es una carta: es una serie de versos.

-¿Están en la letra del acusado? -preguntó otro de los miembros del jurado.

-No, no lo están -dijo el Conejo Blanco-, y esto es lo más extraño de todo este asunto.

(Todos los miembros del jurado quedaron perplejos.)

-Debe de haber imitado la letra de otra persona -dijo el Rey.

(Todos los miembros del jurado respiraron con alivio.)

-Con la venia de Su Majestad -dijo el Valet-, yo no he escrito este papel, y nadie puede probar que lo haya hecho, porque no hay ninguna firma al final del escrito.

-Si no lo has firmado -dijo el Rey-, eso no hace más que agravar tu culpa. Lo tienes que haber escrito con mala intención, o de lo contrario habrías firmado con tu nombre como cualquier persona honrada.

Un unánime aplauso siguió a estas palabras: en realidad, era la primera cosa sensata que el Rey había dicho en todo el día.

-Esto prueba su culpabilidad, naturalmente -exclamó la Reina-. Por lo tanto, que le corten…

-¡Esto no prueba nada de nada! -protestó Alicia-. ¡Si ni siquiera sabemos lo que hay escrito en el papel!

-Léelo -ordenó el Rey al Conejo Blanco.

El Conejo Blanco se puso las gafas. -¿Por dónde debo empezar, con la venia de Su Majestad? -preguntó.

-Empieza por el principio -dijo el Rey con gravedad- y sigue hasta llegar al final; allí te paras.

Se hizo un silencio de muerte en la sala, mientras el Conejo Blanco leía los siguientes versos:

Dijeron que fuiste a verla Y que a él le hablaste de mí: Ella aprobó mi carácter Y yo a nadar no aprendí.

Él dijo que yo no era (Bien sabemos que es verdad): Pero si ella insistiera ¿Qué te podría pasar?

Yo di una, ellos dos, Tú nos diste tres o más, Todas volvieron a ti, y eran Mías tiempo atrás.

Si ella o yo tal vez nos vemos Mezclados en este lío, Él espera tú los libres Y sean como al principio.

Me parece que tú fuiste (Antes del ataque de ella), Entre él, y yo y aquello Un motivo de querella.

No dejes que él sepa nunca Que ella los quería más, Pues debe ser un secreto Y entre tú y yo ha de quedar.

-¡Ésta es la prueba más importante que hemos obtenido hasta ahora! -dijo el Rey, frotándose las manos-. Así pues, que el jurado proceda a…

-Si alguno de vosotros es capaz de explicarme este galimatías, -dijo Alicia (había crecido tanto en los últimos minutos que no le daba ningún miedo interrumpir al Rey) -le doy seis peniques. Yo estoy convencida de que estos versos no tienen pies ni cabeza.

Todos los miembros del jurado escribieron en sus pizarras: «Ella está convencida de que estos versos no tienen pies ni cabeza», pero ninguno de ellos se atrevió a explicar el contenido del escrito.

-Si el poema no tiene sentido -dijo el Rey-, eso nos evitará muchas complicaciones, porque no tendremos que buscárselo. Y, sin embargo -

siguió, apoyando el papel sobre sus rodillas y mirándolo con ojos entornados-, me parece que yo veo algún significado... Y yo a nadar no aprendí... Tú no sabes nadar, ¿o sí sabes? -añadió, dirigiéndose al Valet.

El Valet sacudió tristemente la cabeza.

-¿Tengo yo aspecto de saber nadar? -dijo.

(Desde luego no lo tenía, ya que estaba hecho enteramente de cartón.)

-Hasta aquí todo encaja -observó el Rey, y siguió murmurando para sí mientras examinaba los versos-: Bien sabemos que es verdad... Evidentemente se refiere al jurado... Pero si ella insistiera... Tiene que ser la Reina... ¿Qué te podría pasar?... ¿Qué, en efecto? Yo di una, ellos dos... Vaya, esto debe ser lo que él hizo con las tartas...

-Pero después sigue todas volvieron a ti -observó Alicia.

-¡Claro, y aquí están! -exclamó triunfalmente el Rey, señalando las tartas que había sobre la mesa. Está más claro que el agua. Y más adelante... Antes del ataque de ella... ¿Tú nunca tienes ataques, verdad, querida? -le dijo a la Reina.

-¡Nunca! -rugió la Reina furiosa, arrojando un tintero contra la pobre Lagartija.

(La infeliz Lagartija había renunciado ya a escribir en su pizarra con el dedo, porque se dio cuenta de que no dejaba marca, pero ahora se apresuró a empezar de nuevo, aprovechando la tinta que le caía chorreando por la cara, todo el rato que pudo.)

-Entonces las palabras del verso no pueden atacarte a ti -dijo el Rey, mirando a su alrededor con una sonrisa.

Había un silencio de muerte.

-¡Es un juego de palabras! -tuvo que explicar el Rey con acritud.

Y ahora todos rieron.

-¡Que el jurado considere su veredicto! -ordenó el Rey, por centésima vez aquel día.

-¡No! ¡No! -protestó la Reina-. Primero la sentencia... El veredicto después.

-¡Valiente idiotez! -exclamó Alicia alzando la voz-. ¡Qué ocurrencia pedir la sentencia primero!

-¡Cállate la boca! -gritó la Reina, poniéndose color púrpura.

-¡No quiero! -dijo Alicia.

-¡Que le corten la cabeza! -chilló la Reina a grito pelado.

Nadie se movió.

-¿Quién le va a hacer caso? -dijo Alicia (al llegar a este momento ya había crecido hasta su estatura normal)-. ¡No sois todos más que una baraja de cartas!

Al oír esto la baraja se elevó por los aires y se precipitó en picada contra ella. Alicia dio un pequeño grito, mitad de miedo y mitad de enfado, e intentó sacárselos de encima… Y se encontró tumbada en la ribera, con la cabeza apoyada en la falda de su hermana, que le estaba quitando cariñosamente de la cara unas hojas secas que habían caído desde los árboles.

-¡Despierta ya, Alicia! -le dijo su hermana-. ¡Cuánto rato has dormido!

-¡Oh, he tenido un sueño tan extraño! -dijo Alicia.

Y le contó a su hermana, tan bien como sus recuerdos lo permitían, todas las sorprendentes aventuras que hemos estado leyendo. Y, cuando hubo terminado, su hermana le dio un beso y le dijo:

-Realmente, ha sido un sueño extraño, cariño. Pero ahora corre a merendar. Se está haciendo tarde.

Así pues, Alicia se levantó y se alejó corriendo de allí, y mientras corría no dejó de pensar en el maravilloso sueño que había tenido.

Pero su hermana siguió sentada allí, tal como Alicia la había dejado, la cabeza apoyada en una mano, viendo cómo se ponía el sol y pensando en la pequeña Alicia y en sus maravillosas aventuras. Hasta que también ella empezó a soñar a su vez, y éste fue su sueño:

Primero, soñó en la propia Alicia, y le pareció sentir de nuevo las manos de la niña apoyadas en sus rodillas y ver sus ojos brillantes y curiosos fijos en ella. Oía todos los tonos de su voz y veía el gesto con que apartaba los cabellos que siempre le caían delante de los ojos. Y mientras los oía, o imaginaba que los oía, el espacio que la rodeaba cobró vida y se pobló con los extraños personajes del sueño de su hermana.

La alta hierba se agitó a sus pies cuando pasó corriendo el Conejo Blanco; el asustado Ratón chapoteó en un estanque cercano; pudo oír el tintineo de las tazas de porcelana mientras la Liebre de Marzo y sus amigos proseguían aquella merienda interminable, y la penetrante voz de la Reina ordenando que se cortara la cabeza a sus invitados; de nuevo el bebé-cerdito estornudó en brazos de la Duquesa, mientras platos y fuentes se estrellaban a su alrededor; de nuevo se llenó el aire con los graznidos del Grifo, el chirriar de la tiza de la Lagartija y los aplausos de los «reprimidos» conejillos de indias, mezclado todo con el distante sollozar de la Falsa Tortuga.

La hermana de Alicia estaba sentada allí, con los ojos cerrados, y casi creyó encontrarse ella también en el País de las Maravillas. Pero sabía que le bastaba volver a abrir los ojos para encontrarse de golpe en la aburrida realidad. La hierba sería sólo agitada por el viento, y el chapoteo del estanque se debería al temblor de las cañas que crecían en él. El tintineo de las tazas de té se transformaría en el resonar de unos cencerros, y la penetrante voz de la Reina en los gritos de un pastor. Y los estornudos del bebé, los graznidos del Grifo, y todos los otros ruidos misteriosos, se transformarían (ella lo sabía) en el confuso rumor que llegaba desde una granja vecina, mientras el lejano balar de los rebaños sustituía los sollozos de la Falsa Tortuga.

Por último, imaginó cómo sería, en el futuro, esta pequeña hermana suya, cómo sería Alicia cuando se convirtiera en una mujer. Y pensó que Alicia conservaría, a lo largo de los años, el mismo corazón sencillo y entusiasta de su niñez, y que reuniría a su alrededor a otros chiquillos, y haría brillar los ojos de los pequeños al contarles un cuento extraño, quizás este mismo sueño del País de las Maravillas que había tenido años atrás; y que Alicia sentiría las pequeñas tristezas y se alegraría con los ingenuos goces de los chiquillos, recordando su propia infancia y los felices días del verano.

***** FIN *****